Ida Häusser

Meins!

Über eine Kindheit im Norden Kasachstans

Erzählungen

Impressum

Bibliografische Information der Deutschen Nationalbibliothek:
Die Deutsche Nationalbibliothek verzeichnet diese Publikation
in der Deutschen Nationalbibliografie; detaillierte bibliografische Daten sind im Internet über http://dnb.dnb.de abrufbar.

© 2019 Ida Häusser

Herstellung und Verlag: BoD – Books on Demand, Norderstedt

ISBN: 9783744838740

© Covergestaltung: Lena Weisbek Fine Art

Titelfoto: depositphotos

Autorenfoto auf der Rückseite: © Bogenberger Autorenfotos

Für meine Eltern Eugen und Katharina Wildemann

MEINE DREI DINGE

Dieses neue Kennenlern-Spiel kommt in meine Ideenschatulle: In fünf Minuten drei Dinge notieren, die mich beschreiben, mir wichtig sind.

In dieser Schatulle liegt schon so viel: Kalendersprüche, Reiseprospekte, Zeitungsausschnitte mit Buchbesprechungen, kunterbunt, auch Ideen für Geburtstagseinlagen, kann man immer mal brauchen. Ich jage und sammle so etwas gern. Wann will ich das alles ordnen?

Nur drei Dinge, die mir wichtig sind? Ich hätte so vieles um mich herum ... Aber was steht für mich?

In meinem ersten Leben hätte ich gar nicht nachdenken müssen: Es war das Klavier. Dabei habe ich mich am Anfang mit diesem Ding so schwergetan. Ich wollte nicht üben. Üben war eine lästige Pflicht. Auch nicht vorspielen. Ich habe gelernt, mich zu überwinden. Und etliche Jahre später konnte ich mir ein Leben ohne mein Pianino nicht vorstellen, seine glatten Tasten waren passgenau für meine Hände geschaffen, ich fühlte sie blind. Wenn ich die Finger nebeneinander hielt, schlug ich sie automatisch nacheinander an, auch am Tisch, beim Essen und in der Schule, und ausgestreckt griffen sie eine Oktave, immer wieder. Meine typische Handbewegung damals.

Bei den Musikern gibt es eine Redewendung: Wenn man einen Tag nicht übt, merkt man es selbst. Wenn man zwei Tage nicht übt, hört es der Lehrer. Nach drei Tagen merkt es das Publikum. Mit achtzehn Jahren kam ich nach Deutschland und konnte anfangs nur auf der Tischkante üben. Den Ton dazu konnte ich mir ja denken. Ich entdeckte eine neue Leidenschaft: Stricken. Kreativ und nützlich. Von Montag bis Donnerstag sammelte ich Ideen, am Freitag kaufte ich die Wolle und am Montag konnte ich den neuen Pullover schon in den Sprachkurs anziehen. Zwölf Pullover später hatte ich eine ausgewachsene Sehnenscheidenentzündung, nein: zwei – an jeder Hand.

Es dauerte drei Jahre, bis ich wieder ein Klavier bekam. Doch seine Tasten waren mir fremd geworden, bei jedem Oktavgriff verdammte ich die Pullover. Jetzt waren sie out und ausgeleiert. Ich erinnerte mich, wie gerne ich neue Musikstücke analysierte, und beschloss, Informatik zu studieren. Musik und Mathematik haben viel gemeinsam, sagte ich mir. Computer sind die Zukunft, sagten damals alle. Nun wurden die Computer meine täglichen Begleiter, kleine, große, Datenbanken, Netzwerke, Workflows. Ich lernte, Arbeitsprozesse zu hinterfragen und zu optimieren. Was man alles mit Computern machen kann! Die Macht, Dinge gestalten zu können, kann einem viel Kraft geben.

Mein Job wurde ungeheuer wichtig für mich, manchmal wichtiger als meine Kinder. Wie oft habe ich sie frühmorgens aus dem warmen Bett gezerrt und in die Krippe geschleppt, sie dort durch die Tür geschoben, verweint und verrotzt, und mich davongestohlen, zu meinen Projekten und Terminen. Weiter, immer weiter! Keine Bange, meinen Kindern hat mein Job nicht geschadet, alles ist gut gegangen. Bis ich irgendwo diesen blöden Spruch aufgeschnappt habe: Wer jeden Tag etwas mehr gibt, als er nimmt, ist irgendwann mal – leer. Nun, nach über fünfzwanzig Jahren, ist nichts mehr wie früher. Ich spüre nur noch die Pflicht, nicht mehr mich selbst.

Den Klavierdeckel halte ich geschlossen, damit ich die stummen Vorwürfe nicht höre. Der Neuanfang will nicht glücken. Aber es gibt noch etwas Wichtiges in meinem Leben: Bücher. Überhaupt das geschriebene Wort. Von klein auf. Ich las die Regale der Schulbibliothek leer, wahllos, was hat mich dabei so fasziniert? Die zur Sonne strahlenden sowjetischen Gutkinder, alle gleich, wie aufgereiht bei einem Morgenappell, unterschiedlich nur in ihrem Wetteifer? Oder ihre unermüdlich von Werkrekord zu Werkrekord eilenden Eltern? Ich weiß es nicht. Wenn ich als Teenager in der Stadtmitte für meine Eltern etwas besorgen musste, so gab ich das Wechselgeld immer für irgendein Buch aus, egal welches. Werke ausländischer Autoren bekam man gar nicht, sogar die russischen Klassiker wurden von den sowjetischen Buchhändlern unter der Hand im Bekanntenkreis verscherbelt. Ich suchte für die wenigen Kopeken etwas aus, Hauptsache ein Buch. Bücher waren günstig, aber aus so schlechtem Papier und mit minderwertigem Leim geklebt, dass sie schon nach dem ersten Lesen zerfielen.

Meine Mutter schimpfte nicht, wenn ich ihr in der Küche statt des Wechselgeldes stolz das neue Buch zeigte. Dabei war das Geld so knapp. Eigenes Taschengeld hatten wir nicht. Sie schimpfte auch nicht, wenn ich wieder mit einem Buch auf dem Diwan saß und sie in der Küche daneben Berge von Wäsche von mir und meinen vielen Geschwistern wusch. Wenn ich danach die Großmutter besuchte und sie mir ins Gewissen redete, „Helf' doch der Mama, du bisch doch die Ältscht!", wusste ich, dass meine Mutter sich über mich beklagte. Ich maulte im Stillen: „Was kann ich dafür, dass ich die Älteste bin!"

Unsere erste Lektüre auf Deutsch waren Groschenromane, die meine Mutter von ihrem Bruder aus Deutschland bekam. Eine perfekte Beigabe zu den kleinen Sendungen mit Schokoladeneiern oder Adventskalendern. Und schon auf den ersten Blick so belanglos, dass sie jede Briefzensur passierten. Wie wir uns auf diese Pakete freuten! Sobald die Süßigkeiten verteilt waren, teilten wir auch die Hefte und staunten über die Welt der Chalets, Chefärzte und Schlossdamen. Wie weit war sie von unserer werktätigen Wirklichkeit entfernt!

Auch heute gehe ich am liebsten in Buchhandlungen shoppen. Nur lese ich nicht mehr wahllos und auch nicht wie im Suff. Ich habe jetzt endlich Zeit. Blättere immer wieder zurück und lese gute Passagen nochmals, markiere Wortspiele und Vergleiche, analysiere den Aufbau, den Sprachstil, die Übergänge, die Erzählperspektive. Jetzt habe ich mich zu diesem Kurs an der Volkshochschule angemeldet. Anfängerkurs „Autobiografisches Schreiben". Ein netter Einstieg, diese Kennenlern-Übung.

In fünf Minuten drei Dinge notieren, die mir wichtig sind. Ja, je mehr ich darüber nachdenke, was mein Leben ausmacht, was mich ausmacht, desto unbändiger wird mein Verlangen, selbst schreiben zu lernen. Um alles festzuhalten, was ich selbst erlebt habe, was ich von meinen Verwandten gehört habe.

Mama, unsere Familie hat eine besondere Geschichte. Was, wenn ich die Einzige bin, die sie erzählen kann?

ICH BIN

– EINE SCHREIBÜBUNG –

Ich bin im August 1962 geboren, in den ersten Jahren des Aufatmens nach der langen Nachkriegszeit, in Aktjubinsk, im Nord-Westen Kasachstans. In einer aufstrebenden Industriestadt am Fuße des Uralgebirges, das bekanntlich Europa und Asien trennt. Die Eltern: zwei ehemalige Nachbarskinder aus einer deutschen Kolonie direkt am Ufer des Schwarzen Meeres. Aufgewachsen: zwischen mehreren Kulturen, oben die offizielle sozialistische des Kindergartens und der Schule, mit auswendig gelernten Parolen, darunter, in unserer jungen Siedlung, ein Nebeneinander der sowjetischen „Brudervölker", mit Menschen unterschiedlichster Nationalitäten, Ethnien, Überzeugungen und Stände; Russen, Kasachen, Griechen, Polen, Juden, Koreaner. Menschenmassen, die wie von einer übermächtigen Hand in diese einsame Gegend gesetzt wurden. Werden wir jemals erfahren, ob diese Hand einem Plan oder bloßer Willkür folgte?

Und inmitten all des Durcheinanders die dritte Kultur, der heimliche deutsche Kokon – daheim. Das, was zu Hause gesprochen und getan wurde, durfte nicht auf die Straße getragen werden, und die Dinge von der Straße am besten nicht ins Amt.

Parallelwelten. Mehrfach parallel.

11

Schon während meiner Geburt kam es zur ersten babyloni-schen Sprachverwirrung. Meine Mutter lag stundenlang in den Wehen und winselte immer wieder: „Oh Gott, oh Gott!" Die russische Hebamme war zuerst irritiert, dann verärgert und sagte zu ihrer Kollegin auf Russisch: „So eine Verrückte! Ande-re Frauen schreien und fluchen oder rufen ‚Gospodi pomiluj, Herr erbarme dich!'. Die hier quasselt die ganze Zeit von ir-gendeinem Kater." Die Kollegin nickte und äffte nach: „Oh kot, oh kot!"

„Kot" ist das russische Wort für Kater.

KOKON-UTOPIE

Wie viele Missverständnisse es beim Aufeinandertreffen von unterschiedlichen Sprachen und Kulturen geben kann, weiß jeder Migrant. Er weiß auch, dass sie meistens nicht so heiter sind. Zum Leidwesen unserer Eltern und Großeltern prallten die sowjetische Welt und die Welt der Russlanddeutschen aufeinander. Wie gut sie auch ihre Puppen schützten, wie eng sie uns auch in Windeln wickelten, irgendwann drängten unsere Ärmchen hinaus und berührten die Welt außerhalb ihres Einflusses. Zur Zeit meiner Kindheit hat man die Säuglinge in Russland ganz fest gewickelt, in Peljonki, große weiße Tücher aus angerauter Baumwolle, wie Biberbettwäsche, warm und fest. „Pucken" heißt diese Art des Wickelns auf Deutsch und soll jetzt hier der neueste Trend sein. Wir haben nichts anderes gekannt. Es war eine richtige Kunst, am Kopf anzufangen und bis zu den Füßen an den richtigen Stellen entsprechend tiefe Falten einzuschlagen und unterzustecken und dabei das zappelnde Kind geschickt hin und her zu drehen, es stillzuhalten.

Wie alle Kinder entkamen auch wir bald der gut gemeinten schützenden Hülle. Nach dem Ärmchen ragte der Fuß hinaus, der erste Tritt wurde gemacht, zaghaft zunächst, später energisch. Der erste selbstständige Schritt, dann der Schritt, der aus dem Haus führte, in den Kindergarten. Bis zum Eintritt in den Kindergarten sprachen wir daheim nur Deutsch. Gib mir a Kussele! Mach die Mama u-a![1] Ich bin klein, mein Herz ist rein. Im Kindergarten wunderten sich die Erzieherinnen, dass wir nicht russisch sprechen konnten. Wo gibt's denn so was?, unverantwortlich ist das, aufgeweckte, intelligente Kinder – und stumm. Nemzy, Deutsche, alles klar! „Nemoj" heißt stumm, sprachlos. Ganz früher, im Mittelalter, wurden übrigens in Russland nicht nur Deutsche als „nemez" bezeichnet, sondern alle Ausländer. Alle, die kein russisches Wort herausbrachten und deshalb stumm waren. Im Slawischen bedeutet der Wortstamm „nje" nämlich „ohne", „nichts".

Eifrig gingen unsere Erzieherinnen ans Werk, die Beherrschung der Sprache ist schließlich Voraussetzung für die erfolgreiche Integration der Migranten, das wissen wir doch alle. Und wir Kinder wollten dabei sein, wie alle Kinder dazugehören wollen, wir waren strebsam und lernten schnell. Aber es war auch spannend für die Erzieherinnen zu beobachten, wenn wir von den Eltern abgeholt wurden. Sie nickten anerkennend, nado she, na so was, so klein und beherrschen schon diese komplizierte deutsche Sprache. Solche Begabungen muss man vorzeigen, die darf man nicht verstecken.

Und so kam es, dass mein Bruder Eugen zum Feiertag des Ersten Mai – dem Tag der Arbeit, einem der wichtigsten sowjetischen Feiertage – vor den festlich gekleideten Zuhörern, Eltern, Tanten, Großeltern, ein Gedicht auf Deutsch vortrug. Vermutlich ein DDR-Gedicht: „Rote Fahnen, frohe Leute, Blasorchester geht vorbei – Unser Feiertag ist heute, heute ist der Erste Mai!" Nein, es gab keinen Tumult, es war sogar politisch korrekt, unterstrich die Idee der internationalen sozialistischen Freundschaft, war ein Beleg für die geglückte Erziehung neuer Sowjetmenschen.

---

[1] Drück die Mama

Ich kann mich nur deshalb so gut an dieses Gedicht erinnern, an die laute und selbstsichere Stimme meines Bruders, seine getragene Vortragsweise und perfekte Betonung, weil Vater uns auf Magnitofon, einem Kassettenrekorder, aufnahm und wir die Bänder noch viele Jahre später immer wieder abspulten. Als wir uns schon gar nicht mehr daran erinnerten, einmal einen ganzen Satz in lebendigem Deutsch gesagt zu haben, ohne Vermischung mit dem Russischen – abgesehen vom Deutschunterricht, in dem wir meist nur Sätze mit dem Charme von Konservendosen nachsprachen. Als wir uns selbst wunderten, nado she, na so was, wir waren so klein und beherrschten schon ... so eine komplizierte Sprache.

Der Anfang vom Ende der Kokon-Utopie begann, als wir die ersten russischen Wörter, die Erfolge der Integration, nach Hause brachten. Unmerklich wickelten wir uns heraus aus der deutschen Sprache und Kultur, Falte für Falte. Und natürlich sahen unsere Eltern ein, dass sie uns nicht einsperren konnten, und wünschten, dass wir unsere Talente entfalteten, dass wenigstens die Kinder-Generation nicht stumm blieb. Sie akzeptierten es, natürlich. „Aber dahaam missen ihr deitsch rede!"[2]

„Wenigstens mit uns missen ihr deitsch rede!", flehten die Großeltern. Wenn schon unsere Eltern nachlässig wurden, oder zu bequem, jede Antwort auf Deutsch einzufordern. Oder keine Zeit hatten, im alltäglichen Überlebenswahnsinn auch noch darauf zu achten und alle Kräfte verschleißenden Reibereien scheuten. Bis sie merkten, dass das Russische es über ihre Türschwelle geschafft hatte und bald auch daheim überwog, bis sie sich eingestanden, dass sie schon selber mit uns russisch sprachen, dass das Deutsche nur noch im Haus der Großeltern stattfand, war es bereits zu spät.

---

[2] Aber daheim müsst ihr deutsch reden

Wir schämten uns. Wir wussten, dass es kein richtiges Deutsch war, sondern nur ein peinlicher Dialekt, und wir wollten uns nicht blamieren. Je besser wir die russische Sprache beherrschten, desto mehr schämten wir uns, Deutsch zu sprechen. Und irgendwann schluckte es auch meine andere, die hartnäckigere Großmutter, als auf ihr strenges „Ich hab dich nit verstana, sags uf Deitsch" trotzig eine russische Antwort kam.

Es gibt Schlimmeres.

MEINE RANETKA

Anfang 1982, kurz nachdem wir nach Deutschland kamen, arbeitete ich als Stationsgehilfin in einem Krankenhaus. Dorthin kam regelmäßig eine Frau zur Dialyse, eine sehr nette Frau. Ich weiß nicht mehr, wie sie hieß oder wie sie aussah, ich kann mich eigentlich nur an diese Episode erinnern, weil sie die Erste war, die mir diese besondere Frage stellte: „Wo sind Sie daheim?" Später habe ich verstanden, dass das nur eine politischkorrekte Alternative zum plumpen „Wo kommen Sie her?" war. Eine Alternative, in der – sicher unbeabsichtigt – noch mehr mitschwang, nämlich dass ich an diesem Ort, an dem die Frage gestellt wurde, nicht daheim war. Darüber habe ich erst später nachgedacht.

Damals hat mich diese Frau, die mir immer etwas zugesteckt hat, wenn ich mit dem Wischen fertig war, sehr verunsichert. Ich antwortete vorlaut: „Ich bin Kosmopolitin!" Ich weiß nicht mehr, was sie darauf sagte, ich kann mich nur an ihr Lächeln in diesem Augenblick erinnern: Sie lächelte nachsichtig und verlegen zugleich. Sie ahnte, dass ich nicht viel von der Welt gesehen hatte. Woher denn? Von meinen damals neunzehn Jahren war ich drei Tage in Moskau gewesen, eine Woche in Weißrussland (beides Klassenfahrten), zehn Tage im Baltikum und ein Dreivierteljahr in Oberbayern. Den Rest der Zeit habe ich in Aktjubinsk im Nordwesten von Kasachstan verbracht.

17

Bei meinen Eltern war die Antwort so einfach. „Dahaam", das haben wir tausendfach gehört, von ihnen, den Großeltern, von der ganzen Verwandtschaft, „dahaam", das war in Kleinliebental bei Odessa am Schwarzen Meer. Niemals sagten sie zu Aktjubinsk „Dahaam". Ich kannte Kleinliebental nicht, zunächst durften wir es nicht besuchen, später, in der Zeit des politischen Tauwetters, waren meine Eltern ganz kurz dort, vielleicht eine Stunde. In ihrem Dahaam waren fremde Leute, wahrscheinlich selbst Umsiedler aus den vom Krieg zerstörten Gebieten der Ukraine, die sie anblafften und wegjagten, wie man ungebetenes Gesindel verscheucht.

Warum gefiel mir das Wort „Kosmopolitin" damals so gut? Wo hatte ich es aufgeschnappt, noch in der Sowjetunion, schon in Deutschland? Ich weiß es nicht.

Später habe ich nachgeschlagen: Kosmopolit kommt aus dem Griechischen, kosmos steht für „Welt" und „Ordnung", für „Weltordnung", polites für „Bürger" oder „Einwohner". Es hat zwei Bedeutungen, erstens ist Kosmopolitismus ein weltanschaulicher Standpunkt, der den ganzen Erdkreis als Heimat betrachtet. So meinte ich das sicher auch, ich wollte Weltbürgerin sein, jemand, der sich jedem Land gleichermaßen verbunden fühlt. In der Biologie, das ist die zweite Wortbedeutung, bezeichnet man mit Kosmopolit eine auf der ganzen Erde verbreitete Pflanzen- oder Tierart, die unter extremsten Bedingungen gedeihen kann. Als Beispiel wird das einjährige Rispengras genannt, das sogar in der Antarktis vorkommt. Als ich das las, musste ich schmunzeln. Zufällig lag ich damals fast richtig. Fast, denn die eigentlichen Kosmopoliten sind meine Eltern, ungewollt. Vielleicht bin ich es auch ein bisschen, denn ein Apfel fällt nicht weit vom Stamm.

Ende März 1944 – meine Eltern waren im Vorschulalter und Nachbarskinder – haben sie ihr Heimatdorf verlassen und sind mehr als 5.000 Kilometer vom Schwarzen bis zum Weißen Meer und in das Steppenmeer gewandert. Zuerst westwärts, in endlos langen Trecks zur Donau, und dann entlang der Donau, mit Fuhren, auf denen die ganz Alten und die ganz Kleinen saßen und ihr ganzes Hab und Gut sowie die Verpflegung untergebracht waren. Der wichtigste Lieferant für den Reiseproviant war die Kuh, die hatte jede Familie dabei. Das war alles natürlich sehr aufregend für meine Eltern, die damals, wie gesagt, Kinder waren. Sie sprangen öfter von der Fuhre herunter unter dem Vorwand, ihren großen Brüdern zu helfen und Gras für die Kuh zu pflücken. Aber eigentlich wussten sie intuitiv, was jeder Weltreisende weiß: Nur wo du zu Fuß warst, warst du richtig!

Doch bereits beim ersten Bombenangriff, nur wenige Kilometer von daheim, war ihre Abenteuerlust gestillt. Jetzt verstanden auch die Kinder, warum ihre Eltern beim Losfahren weinten, aber sie konnten nicht zurück, sie waren alle Staatsfeinde, das ganze Dorf, alle deutschen Dörfer in der von den Nazis besetzten Ukraine. Von dem seit 1917 herrschenden sowjetischen Weltbild, von der Kollektivierung, von Terror und Hunger hatten sie genug, sie freuten sich auf die neue Weltordnung und kollaborierten während der deutschen Besatzung. Nun mussten sie in der verhängnisvollen Begleitung der Wehrmacht zurückweichen, „Heim ins Reich".

Sie zogen in einer endlosen Kolonne über die verschneiten und verdreckten Feldwege in Moldawien, irrten mehrere Wochen lang in Rumänien, im Zickzack, von einem Dorf zum anderen, mal an den frisch angesäten Feldern und blühenden Obstbäumen vorbei, mal an noch rauchenden Ruinen der zerstörten Häuser; wenn der Weg abgeschnitten war, mussten sie umkehren, wieder zurück, eine neue Strecke suchen, oder in einen Wald flüchten, bis ein Bombenangriff vorbei war. Sie klopften an die Tore fremder Menschen und baten um Unterschlupf und etwas Wasser oder Hafer für die Pferde, und mein Vater erzählte uns immer von Mamalyga, dem Maisbrei der

Südeuropäer, wie köstlich schmeckte er! Manche Menschen waren sehr freundlich, und manche drehten sich wortlos um, und wieder manche nutzten ihre Not aus und prellten sie schamlos beim Geldwechsel und beim Warentausch. In Bulgarien war es warm und friedlich, die Feldfrüchte schon fast reif.

Dann kam der Durchbruch, der Donaudurchbruch, sie hielten den Atem an und die Zügel fest und gingen durch das berühmte Eiserne Tor, im langen Konvoi, eine Fuhre dicht nach der anderen, auf der einen Seite der Fuhre die schäumend strömende achtzig Meter tiefe Donau, auf der anderen die schroffen Felsen. Als sie kurz nach der serbischen Grenze endlich das Aufnahmelager und die Eisenbahnstation erreichten, wurde die Ernte schon eingefahren. Nicht ihre Ernte. Sie bekamen eine Empfangsbestätigung für die Fuhren und die nach dem langen Marsch noch übriggebliebenen Pferde und Kühe.

Von Serbien fuhren sie mit dem Zug nach Litzmannstadt, dem heutigen Lodz in Polen, und weiter nach Warthbrücken. Hier sollten sie sich – nach der faschistischen Weltsicht – in den Polenhöfen ansiedeln. Und Deutschland brauchte ihre Väter, für die Wehrmacht, und die minderjährigen Söhne sowie die Großväter für den Volkssturm; dafür hatte man kurz vor Kriegsende noch die ganzen Familien mit eingebürgert. Nur einmal sah meine Mutter ihren Vater in der Uniform und danach nie wieder. Fast alle Männer Kleinliebentals sind gefallen oder kamen in russische Gefangenschaft und starben dort.

Hier im fremden Warthegau und an der Oder erlebten meine Eltern die schlimmsten – letzten – Schlachten dieses Krieges und den Einmarsch der sowjetischen Truppen. Deutschland kümmerte sich nicht um die Schwarzmeerdeutschen. Es war mit sich selbst beschäftigt, und mit den Flüchtlingen aus Schlesien, dem Sudetenland, Pommern, mit Millionen heimatlosen und heimatsuchenden Menschen. Nicht so die Sowjetunion, sie sagte „Dawaii!". Billige nachwachsende Arbeitskraft, damit hatten sie schon 1941 bei der Deportation der Wolgadeutschen so gute Erfahrungen gemacht: arbeiten viel, essen wenig, und für die Schwachen reicht ein Quadratmeter Erde, davon hat Russland so viel.

Vom Warthegau wurde die Familie meines Vaters – meine Oma und ihre fünf Kinder – nach Aktjubinsk gebracht. Meine Mutter, ihre fünf Geschwister und meine andere Oma in das Gebiet Archangelsk, südlich des Polarkreises. Bis sie an den ihnen zugewiesenen Zielorten ankamen, verging ein weiteres Jahr. Es war April 1946 und noch alles tief verschneit. Nach über 5.000 Kilometern, mit der Fuhre und in überfüllten Güterzügen und Bahnhöfen, die Kuh, das Pferd, die Fuhre längst abgegeben, das Schmalz, das Mehl, das Dörrobst längst aufgegessen, nach monatelangem Bombenhagel und nochmals monatelanger Fahrt durch das zerstörte Russland waren die Zwangs-Weltbürger über ganz wenig glücklich. Über eine Feuerstelle und ein Dach über dem Kopf. Sie mutierten zu biologischen Kosmopoliten, zu anspruchslosem einjährigem Gras.

Kosmos heißt Weltordnung. Doch was war denn schon in dieser Zeit in Ordnung? Wo? Nur die Naturgesetze, nur noch Sonne, Mond und Sterne funktionierten ordentlich. Die Sonne ging auf, unbeeindruckt von der Unordnung auf der Welt, blieb eine Zeit lang, zeigte den Menschen alles, was sie zerstört hatten, wärmte eine Zeit lang die Frierenden und sank wieder. Unaufgeregt, routiniert. Dann der Mond und die Sterne, noch weiter weg als die Sonne, kühl und ungerührt. Acht Monate dauern die Winter in Sibirien. Acht Monate, in denen sich die Sonne kaum zeigte. Kerzen und Petroleumlampen übernahmen ihre Aufgabe. Meine Mutter erzählt, dass man ihre Siedlung im Winter nur mit dem Traktor und im Sommer nur hoch zu Ross erreichen konnte, weil die Straßen so matschig waren. Sie waren von der Zivilisation abgeschnitten. Am Ende der Welt angekommen. Sie hatten nur noch einen Gedanken „Wie überstehen?"

Die alte Weltenbummler-Weisheit – je weniger Gepäck du hast, desto mehr Eindrücke kannst du mitnehmen – bewahrheitete sich. Eindrücke, davon hatten meine Verwandten genug gesammelt, ihre Tagebücher, wenn sie denn welche geführt hätten, könnte man nicht in ein Buch binden. Außer Eindrücken hatten sie nichts mehr. Obwohl sie weder für den Transport durch halb Europa noch für die Unterkünfte während der zwei Wanderjahre zahlen mussten, blieben meiner Oma von ihrem ganzem Hab und Gut, von allem, was ihre Familie in 150 Jahren in Russland erarbeitet hat, nur ihr Ehering und zwei Besteckteile aus Silber, ein Schöpflöffel und ein Tortenheber. Was sollten die Sibirjaken damit, wo es doch keine Torten gab und als es sie endlich wieder gab, sie auch vom Holzlöffel köstlich schmeckten?

Manchmal schneite es zarte Sternchen, sie drehten ihre Pirouetten und landeten vor dem Barackenfenster, graziös, eins schöner als das andere, sie lullten meine Mutter in den Schlaf, manchmal wehten tagelang die Schneestürme, der Wind stieß gegen Fenster und Tür, pfiff, säuselte, polterte alles liegengebliebene durch die Siedlung. Pfeilspitz und pfeilschnell waren die Sternchen nun, sie vereinigten sich zu Lawinen und ein Fortkommen – wenn überhaupt jemand das Haus verließ, aus irgendeinem Grund verlassen musste – war nur entlang der Zäune und Tore möglich. Immer schön festhalten.

Die Holzfäller waren meist deutsche Kriegsgefangene, die in den Lagerbaracken lebten. Sie fällten – zunächst mit primitivsten Bogensägen, später mit amerikanischen Motorsägen – pro Saison Tausende von Taiga-Fichten, rund um die Uhr, im Zwei-Schicht-Betrieb, jede Schicht zwölf Stunden, Tag und Nacht; der Griff der Säge war noch warm von der Hand des Kollegen, dem man sie vor zwölf Stunden übergeben hat. Die Frauen und Kinder sägten die Äste ab, schleppten sie zu großen Haufen und verbrannten sie am Schichtende. Die Holzstämme wurden auf den zugefrorenen Fluss gekarrt, wo sie zu Flößen zusammengebunden lagen und erst nach der Schneeschmelze mit den Wassermassen bis Archangelsk getragen wurden. Dort wurde das Holz verarbeitet oder gegen Devisen ins Ausland verschifft. Für den Wiederaufbau der zerstörten Welt brauchte die Welt Bauholz, ganz viel Bauholz.

Archangelsk ist die älteste Hafenstadt Russlands, mit ihrer Gründung im Mittelalter begann die Entwicklung der russischen Handelsbeziehungen. Doch Archangelsk sah meine Weltbürgerin Mutter in diesen zehn Jahren nicht. Auch wenn sie von keinem Gericht zu irgendetwas verurteilt worden waren, durften die deutschen Umsiedler ihr Dorf nicht verlassen, sie mussten sich jeden Monat beim Kommandanten melden. Das war eher eine psychologische Maßnahme, um ihr Fernweh zu brechen, denn wo sollten sie hin?

Später, als die Kriegsgefangenen erlöst wurden und nach Deutschland heimkehren durften, haben die nachgewachsenen Quasi-Gefangenen die Holzfäller-Arbeit übernommen, auch die älteren Brüder meiner Mutter. Die einzige Erleichterung, die die deutschen Sondersiedler nach Adenauers Moskau-Besuch 1955 erfuhren, war der Wegfall der Meldepflicht und die freie Wahl des Wohnortes, natürlich nur im Sowjetunion-Universum und ausgenommen ihre Heimatdörfer am Schwarzen Meer. So wanderten sie weiter, in das 2.500 Kilometer entfernte Aktjubinsk, wohin es viele ihrer Nachbarn und Verwandten verschlagen hatte, das hatten sie zwischenzeitlich herausgefunden.

Mein Vater wurde schon im August 1945 dort abgeladen, nach monatelanger Fahrt im offenen Güterwaggon, von Warthbrücken über Litzmannstadt, Brest, Minsk, Moskau, durch das brütend heiße zerstörte Russland, ins Ungewisse. Kurz nach der Ankunft hatte mein Vater seine erste Arbeitsstelle angetreten, als Schweinehirte. Mit sieben.

Schutzlos waren die Kinder der Natur ausgeliefert, dem endlos hohen Sternenhimmel und den trostlosen Sonnenaufgängen in der Steppe. Auch er wünschte sich nichts sehnsüchtiger als eine Decke über dem Kopf, morgens als Schutz vor der Kälte, nur wenige Stunden später vor der unbarmherzigen Hitze. Weit und breit gab es keinen Baum, der Schatten spendete oder den Steppenwind aufhielt.

Anspruchsloses Gras bedeckte die Steppe, und auch die Ansprüche meiner in Aktjubinsk gelandeten Verwandten waren klein. Sie waren ohnehin schon privilegiert. Ihr Vater war als einer der wenigen Männer des Dorfes noch am Leben, fand seine Familie und kehrte – heim.

Nein, dahaam bei Odessa wurden ihre Häuser schon seit Jahren von Fremden bewohnt, ihre Gemüsegärten, Weinstöcke und Aprikosenplantagen verwilderten. Dorthin durften sie nicht. Meine Verwandten wollten sich aber ihrem Los nicht beugen, sie lehnten sich auf, forderten ihre Menschenrechte ein. Mehrfach lebenslänglich, wofür?

In dieser Stimmung bin ich aufgewachsen. Seit ich zurückdenken kann, hatten wir nur ein Thema: Weg von hier! Nein, in Aktjubinsk war ich nicht daheim. Auch nicht in Saruba. Die Dame im Krankenhaus hatte recht, als sie mich still anlächelte. Ich hing in den Seilen. Mein Daheim war im Schwarzen Loch, mein ganzes Volk im Sog des Schwarzen Lochs verschwunden. Die Weltgeschichte nahm keine Notiz von uns.

Vor Kurzem war ich wieder in einem Vortrag zum Thema „Heimat". Es beschäftigt mich nach wie vor, je älter ich werde, je mehr Nachrichten von Flüchtlingen ich höre, umso mehr. In der modernen mobilen Welt, hieß es dort, ist Heimat nicht mehr örtlich gebunden. Man kann sie in einer Beziehung oder in der Familie haben, es gäbe auch die geistige Heimat der Bücher oder die religiöse Heimat, sogar die digitale Heimat im

Internet. „Heimat ist dort, wo ich verstanden werde und mich geborgen fühle. Wo ich alles kenne, jedes Wort und jeden Hintersinn jedes Wortes".

Danach habe ich alles durchforstet. Wie gut müsste man alles kennen, wie sicher müsste ich mir meiner Beziehung, meiner Umgebung sein? Wie kompliziert diese neuen Heimaten doch sind! Über dreißig Jahre lebe ich schon in Deutschland und kenne mittlerweile neunundneunzig Prozent der deutschen Wörter, gefühlte neunundneunzig Prozent. Aber jeden Hintersinn? Wie tief geht ein Sinn? Wie viele Dimensionen hat er?

Und dann habe ich zurückgedacht: Ich hatte doch einen Platz, wo ich mich geborgen fühlte, das war im Aktjubinsk meiner Kindheit. Unter unserer Ranetka. Ranetka ist eine Apfelsorte mit Früchten so groß wie Kirschen oder wie kleine Walnüsse. Mein Vater pflanzte sie in dem Dreieck zwischen den Eingangsstufen zum Haus, dem Durchgang zur Garage und dem Weg zur Sommerküche. Die Stelle war der Dreh– und Angelpunkt in unserer Familie, alle Wege führten an ihr vorbei. Ende Mai, kurz vor den großen Sommerferien, blühte der Baum, wie mit einer Decke aus filigranen weiß-rosa Sternen überworfen, und am Ende der Ferien hingen die niedlichen süßen Miniaturäpfel so dicht nebeneinander, dass man keine Blätter sah.

Ich stellte mir eine Klappliege darunter und schaute den Äpfelchen beim Reifen zu. Auf den Boden daneben legte ich eine Zeitung und darauf einen Berg Ranetki, nahm ein Buch in die Hand und tauchte ab. Stundenlang, ach, tagelang! Die Sonne schien angenehm, ich war im schützenden Schatten, meine Geschwister sprangen um mich herum, aber ich beachtete sie nicht, ich stand nur ab und zu auf, um etwas zu erledigen, was mir meine Mutter zugerufen hatte, oder um Ranetki-Nachschub zu pflücken, und ansonsten sorgte ich mich nur um mein Buch. Ich streckte immer wieder die Hand aus und verschlang die süßen Äpfelchen, im Ganzen, von der Hand in den Mund. War das einfach! Von der Hand in den Mund.

Das ist es, dachte ich auf der Heimfahrt vom Vortrag, ich pflanze eine Ranetka in unseren Garten, stelle eine Klappliege darunter, hole einen Stapel Bücher ... Ich googelte und fand den Begriff „Reinette". Er klingt zwar ähnlich, aber die dort beschriebenen Äpfel waren nicht kleinfruchtig. Ich habe auch schon in die Zieräpfel hineingebissen, die in letzter Zeit in die Vorgärten der Neubaugebiete gepflanzt werden. Sie sehen genauso aus, sind aber holzig und schmecken sauer, eigentlich sagt schon ihr Name, dass sie nur Zier sind. Unsere Ranetki waren auch nicht so bilderbuch-rotbackig, sondern zwischen cremeweiß- und apricotfarben mit feinen rötlichen Streifen. Ich googelte auf Russisch und fand sie tatsächlich, es ist eine Kreuzung aus sibirischen und chinesischen Arten, eine besonders aromatische, frostresistente und ertragreiche, jährlich tragende Sorte. Jetzt muss ich nur noch eine Baumschule finden, die Ranetka-Bäumchen nach Deutschland liefert.

Bei meiner Recherche bin ich aber auf etwas anderes gestoßen: Die Forscher an der Universität Oxford entschlüsselten erst vor wenigen Jahren das Genom des Apfels und stellten fest, dass der Ur-Apfel aus Kasachstan stammt, aus dem Tian-Shan-Massiv nicht weit von der chinesischen Grenze. Der asiatische Wildapfel heißt "Malus sieversii" und ist der Vorfahre des Kulturapfels. Die Kerne des Wildapfels wurden wahrscheinlich von Nomaden und Seidenstraßen-Karawanen nach Europa gebracht und auf der ganzen Welt verbreitet. Von wegen „Der Apfel fällt nicht weit von Stamm"!

Ich las, dass die wilden Apfelbäume in den Tian-Shan-Bergen im Nordosten Kasachstans dichte Wälder bilden, auffallend resistent gegen Krankheiten sind und Temperaturschwankungen von plus vierzig bis minus vierzig Grad vertragen. Jetzt wollen die Züchter den Kulturapfel wieder mit dem Wildapfel kreuzen, um ihn widerstandsfähiger zu machen.

Nach diesem Fund überlegte ich es mir anders. Das einjährige Rispengras wollte ich eh nie sein. Der Apfel ist auch ein Kosmopolit. Er kommt zwar nicht in der Antarktis vor, aber so weit ist mein Volk glücklicherweise nicht gekommen. Ich will lieber Ranetka sein, robust, nett und wohlschmeckend und zuverlässig tragend. Und wenn ich erst an die Symbolik denke, die beginnt schon im Paradies!

SEKRETIKI,

DIE VERSTECKTEN SCHÄTZCHEN

Wenn ich meine frühesten Erinnerungen suche und sie verorten will, so finden sie immer in den Häusern meiner Großeltern statt, nie in unserem Haus. Ich erinnere mich an sehr eigenartige Episoden, zum Beispiel wie ich abends durch das Fenster in das Haus meiner Muttersmutter einsteige. Ein breites schweres Brett ist von außen am Fenstersims der Hinterstube angelehnt, das untere Ende liegt auf dem Betonboden. Ich laufe an der Hand von jemandem, das Brett wackelt, schaukelt geradezu, und ich balanciere unsicher und kichere, mir ist es peinlich, Angst zu haben. Es ist ein stiller Sommerabend, schon ziemlich dunkel, fast Nacht. Rechts von mir ist die Veranda und über ihr die Sterne. Ich komme ihnen immer näher. Als ich oben bin, an der Fensterkante, hilft mir wieder jemand. Eine Hand. Wessen Hand? Ich sehe nur mich, wie ich den Schritt runter mache, ins Hausinnere, zuerst auf einen massiven Holzhocker, Taburetka, und von da auf den Boden springe. Es riecht scharf nach Farbe, alles im Haus sieht anders aus, ich weiß heute gar nicht mehr, welche Möbel es gab und wo sie normalerweise standen, ich kann mich nur an dieses Gefühl der Fremde erinnern, weil die Dinge nicht auf ihrem Platz stehen.

Wann war das? Der Boden der Veranda, durch die man normalerweise ins Haus hineinging, muss frisch gestrichen gewesen sein, daher das Brett am Fenster. Die Veranda kam beim Streichen immer als letztes dran, auch im Haus meiner Eltern war es später so, bei allen eigentlich. Nur war die Veranda bei uns am Ende vom Haus, also links von dem Fenster, in das wir einstiegen. Ich erinnere mich bei dieser Episode aber an die Sterne rechts über der Veranda. Vielleicht habe ich ihr Flackern an diesem Abend zum ersten Mal wahrgenommen? Ich auf einem Brett im Universum?

Eine andere frühe Erinnerung stammt aus dem Haus meiner Großeltern väterlicherseits. Auch dort musste immer alles auf seinem Platz liegen, vor allem in den vorderen Zimmern, da ging man tagsüber kaum rein, sie waren auch immer etwas kühler als die Hinnerstub[3] und die Küche. Ich erinnere mich, dass ich eines Tages doch irgendwie in ein Vorderzimmer kam, vielleicht war ich neugierig auf die neue Spiegelkommode, Treljasch sagte man dazu. Ihre hohen aufklappbaren Seitenspiegel haben etwas Feierliches, was das stille Zimmer noch festlicher erscheinen lässt. Die Kommode selbst ist niedrig, so dass ich mich in voller Höhe sehen kann, wahrscheinlich zum ersten Mal. Ich schwenke die blankgeputzten Spiegel vorsichtig hin und her und drehe meinen Kopf dazu, mein knappes Pferdeschwänzchen hüpft dabei rauf und runter, und ich sehe in den beiden gegenüberliegenden Spiegeln zum ersten Mal meinen Hinterkopf, meine komplette Hinteransicht, und meine Nase und die Ohren von der Seite. Ich – ich – ich. Ich hebe meine Augenbrauen und schwenke die Seitenspiegel etwas weiter und mache mir schöne Augen. Und kann es sein, dass ich meine Tanten flüstern höre? Kichern sie über mich?

Eine weitere Erinnerung in einem Garten: Irgendwelche Menschen schlagen entsetzt die Hände zusammen, weil die Taschen meines weißen Kleidchens nassrot sind: Ich habe rote Kirschen hineingestopft. Vorhin haben sie noch gelächelt und die schicken aufgesetzten Taschen an dem neuen Kleid bewun-

---

[3] Hintere Stube

dert, po modje, nach der neuesten Erwachsenen-Mode, wie süß.
Und jetzt ... Vermutlich hat meine Mutter noch in der Früh an
dem Kleidchen genäht, wie so oft, vielleicht noch kurz vor der
Abfahrt den letzten, übersehenen Faden abgebissen.

Prägen sich kleinlaute Momente besser ein?

Wieder eine Veranda, wieder bei Muttersmutter? Jetzt sind
die Glasscheiben mit einer dicken Eisblumenschicht bestickt, so
dicht, dass man kaum durchsieht. Draußen knirscht der Schnee
unter den Stiefeln der Männer, ihre Spuren führen zum Gerüst,
an dem die Sau hängt, kopfüber, die Blutspur daneben ist genauso rot wie die Kirschenspuren aus der anderen Erinnerung.
Die Borsten der Sau stehen ab. Gänsehaut-Stacheln. Von der
Kälte? Oder von der Hitze des kochenden Wassers, mit dem die
Sau begossen wird? Weiße glitzernde Stachelborsten unter den
scharfen flinken Messern, die die Sauhaut abschaben. Die
Stimme meiner Tante, „Komm rei, mir misse Grummbeera brate[4], gleich kommen se und hän Hunger", und ihr hoher Ton:
„Was, du kannsch noch ka Grummbeera schäla?" Und ich
schäme mich, ich bin schon sechs Jahre alt, ich komme bald in
die Schule und kann immer noch keine Kartoffeln schälen!

So seltsame Fragmente behält unser Gedächtnis, sie ploppen
plötzlich im Sandmatsch der Erinnerung auf, einfach so, ohne
Auftakt und Schlussakt. Aber warum so wenige? Warum wissen manche so viel aus ihrer Kindheit und schon beginnend im
Kleinkindalter? Frühes Erinnern – ein Zeichen besonderer Intel-
ligenz?

Erinnerungen treten auf, lese ich, wenn im Gehirn ein be-
stimmtes neuronales Aktivitätsmuster entsteht, das dem ge-
speicherten Erlebnis gleich ist oder ihm zumindest ähnelt. Farben, Muster, Geschmack und Gerüche, Orte und Räume, Stim-

---

[4] Komm rein, wir müssen Kartoffeln braten

mungen und Emotionen: Alles wird im Kopf wie auf einer Computer-Festplatte nach Stichworten abgelegt und je mehr Neuronen-Gruppen dabei sensibilisiert werden, desto zuverlässiger kann man das Erlebte später abrufen. Das synchrone Feuern reißt die beteiligten Nervenzellen mit, so dass sie auch künftig gemeinsam feuern. Bald reicht bereits das Aktivieren einzelner Nervenzellen aus, um auch die anderen Neuronen-Geschwister zum Feuern anzuregen. Und je häufiger es passiert, desto stabiler werden die synaptischen Verbindungen innerhalb der Neuronen-Familie. Bei einer Studie konnten sich die Probanden, die betrunken eine Anzahl von Wörtern lernten, an diese Worte besser erinnern, wenn sie wieder betrunken waren.

Dumm gelaufen. Wir tranken beim Vokabellernen keinen Wodka. Auch im Park Puschkina bekamen wir höchstens ein Glas Limonad Djuschess und später Kwass, einen Brottrunk. Ich versuche es mit einem Karussell auf dem Volksfest. Hoffe, wenigstens ein kleines Neurönchen befeuern zu können, es soll mich wenigstens an den Windhauch bei meiner ersten Karussellfahrt erinnern. Aber gleich daneben tuten die Autoscooter-Fahrer und in der Schlange vor dem Riesenrad schreien mir die Geisterbahn-Skelette die Ohren taub. Und wo finde ich heißen Staub zum Barfußlaufen? Mit Glasscherben drin und Distelstacheln?

Ich versuche es ohne Assoziationen. Ordne die Rillen in meinem Dachkammerverhau, befrage den Speicherverwalter. Er schaut nur treublau. Greift mal da, mal dort hin. Wird bleicher. Versucht abzuwiegeln: Habt ihr überhaupt ein Karussell gehabt, dort in Kasachstan? Und der Schwebebalken, an welchem Kinderspielplatz war das noch mal? Was, da war gar kein Spielplatz? Ich merke, dass er ablenkt, dass er es nicht mehr weiß. Hat er überhaupt noch die Kontrolle? Er lenkt das Gespräch auf andere Themen: Was willst du morgen kochen? Oder, noch dreister: Das ist schon so lange her, ist es überhaupt noch wahr? Was willst du mit den alten Geschichten? Wen interessiert es, ob die Sterne rechts waren oder links? Dann greift er an: Vergiss es! Wer immer nur rückwärts denkt, der lebt nicht nach vorne!

Stimmt.

Er legt nach: Nur wer nach vorne schaut, bleibt jung!

Vielleicht.

Aber unsere Erfahrungen, auch die frühesten, helfen uns, unser heutiges Verhalten besser an die Erfordernisse der Umwelt anzupassen, sagt die Gedächtnisforschung. Ihre Verarbeitung beeinflusst also unsere zukünftigen Entscheidungen.

Du hast dein Leben bis jetzt auch ohne bewältigt. Alles Ballast, alles.

Alles? Auch das Kind in mir? Das sich begeistern konnte, neugierig war, jeden Tag, jeden Zeithauch als Erlebnis aufnahm. Wind im Haar, Dreck bis zu den Waden und Träume bis zu den Wolken – alles meins, alles gratis! Wann war ich stark, was machte mich stark? Ich als Teenager, wie zuversichtlich war ich und wie konnte ich zupacken, rebellieren, widersprechen. Wie könnte ich sie heute alle brauchen, alle meine Teile. Ich müsste sie alle einspannen, damit sie an einem Strang ziehen, ich müsste alle ihre Kräfte bündeln!

Damit sich ein Kind erinnert, schlage ich nach, müssen drei Dinge zusammenkommen: Erstens muss es schon wissen, was die alltäglichen Ereignisse und wer die Bezugspersonen in seinem Leben sind, wer seine Eltern und Großeltern sind, wie sie aussehen und untereinander verständigen und welche Regeln gelten. Erst wenn das Kind damit vertraut ist, kann es etwas Einmaliges als einmalig erkennen. Also hatte ich schon verstanden, dass der Schwebebalken kein Hauseingang ist und die zwinkernden Sterne keine lustigen Onkel. Der zweite Grund ist das Selbstkonzept, das sich etwa im Alter von drei Jahren entwickelt. In dieser Phase lernen Kinder nicht nur, sich in den großen Zusammenhang der Welt einzuordnen, zu erkennen, was gestern, heute oder morgen ist, sondern auch, dass sie ein eigenständiges Leben führen. Sie bekommen eine Vorstellung vom Ich. So passt meine Trelljasch-Episode dazu, meine Ohren und der Hinterkopf, die Erkenntnis, dass sie auch zu mir gehören.

Ich lernte, wie ich hinten aussehe, wusste ich da schon, wer ich vorne bin? Wurde ich da meiner selbst bewusst?

Um ein Identitätsgefühl zu entwickeln, heißt es weiter, muss ein Kind verstehen, was die Menschen um es herum sagen und muss sich verständlich machen können. Dies, die Fähigkeit sich auszudrücken, sei die allerwichtigste Komponente der Erinnerung. Erst wenn ein Kind seine Muttersprache nahezu beherrscht und seine Erlebnisse mit Worten beschreiben kann, kann er sie wieder abrufen, damit beginne das autobiographische Gedächtnis. Welch ein schönes Wort, warum denke ich so lange herum, da ist doch schon alles gesagt. Auto bio graph: selbst Leben beschreiben!

Und was ist, wenn man die meiste Zeit gar nicht an Mutters Rockzipfel hing, wenn man mehrere Erstsprachen hatte, noch eine Kindergartensprache und eine Straßensprache? Ball und Mjatschik, Sestra und Schwester, Mama, Mutter, Matj, Mamascha, und die vielen russischen Verniedlichungen Mamka, Mamotschka, Mamulja. Waren wir irritiert? Wann haben wir überhaupt angefangen zu sprechen? Später als andere Kinder?

Bereits Neugeborene können Laut- und Rhythmus-Unterschiede von grundverschiedenen Sprachen wahrnehmen, das Tempo, die Betonung, die Pausen, die Satzmelodie. Wann konnten wir die Sprachen von daheim und der Krippe abgrenzen? Mussten wir uns arg anstrengen? Wann fiel uns auf, dass es im Russischen weiche und harte L-laute gibt? Dass die betonten Silben dort stärker betont, fast gesungen werden? Und wann klang das H im Deutschen schräg, weil es nicht gehaucht wurde? CHerr, Chier, Chart.

Oder schlimmer, halver russich, halver deitsch, und noch mit ein paar Hochdeutsch-Einsprengseln? Kann das der Grund sein, warum ich mich an so wenig erinnere, vielleicht noch mehr als das Fehlen der Auslöser für die Assoziationen? Tante Tjotja, Ohr Ucho, Kopf Golowa, Golowka Köpfchen und dann noch Kepfl im Dialekt.

Zeig mal, wo isch dei Näsl? Und wo isch's Ärschl?

Alles gut, wssjö choroscho.

Warum erinnere ich mich aber ganz genau an besonders peinliche Momente? In welcher Sprache kicherten meine Tanten? Und in welchem Sprachtempo schlugen die Erwachsenen die Hände vor den Mund und die Arme an ihre Oberschenkel, als sie mein verhunztes Kleidchen sahen? In welchem Rhythmus zwinkerten die Sterne? „Was, du kannsch noch ka Grummbeera schäla?" war deutlich Dialekt, aber da war ich ja schon sechs.

Blitzerinnerungen. Es heißt, dass sie Situationen beleuchten, die hoch emotional waren, wichtig und überraschend, so dass man in diesem Augenblick seine ganze Aufmerksamkeit darauf gerichtet hat. Und wenn das Ereignis einmalig war, hat man es häufig abgerufen, die Erinnerungsspur zu einem Pfad getrampelt. Und was ist mit den anderen? Vergessen? Zuschneien, zuwuchern lassen? Als wären unter einer Eisschicht versteckt, sofort überfroren wie nach einem Blitzeis, oder unter einer dichten Schneedecke.

Ich muss in meinem Gedächtnis kratzen und scharren, um etwas zu finden, wie damals, als Kind, nach meinen „Sekretchen". Das Verstecken von geheimen Schätzchen, Sekretiki, war eine beliebte Beschäftigung sowjetischer Mädchen. Wir sammelten Fantiki, buntes und am besten glänzendes Pralinenpapier, Steinchen, irgendetwas Glitzerndes, Perlmuttknöpfe vielleicht oder gar eine Perle, Blümchen, kleine feine Taubenfedern, und suchten irgendwo im Garten eine geheime Stelle dafür.

Hatten wir endlich den optimalen Platz gefunden, so scharrten wir mit den Händen oder einem Holzstöckchen ein Loch aus, ungefähr so groß wie eine Faust, legten es mit Gras oder Blättern aus, arrangierten unsere Kostbarkeiten so lange nebeneinander, dass es ein schönes Muster ergab und deckten alles mit einer sauber gewaschenen Glasscherbe ab. Zerschlagene grüne oder braune Flaschen lagen genug herum, die Kunst war, eine ziemlich flache, glatte und große Scherbe zu finden, die das Werk schützte. Dann deckten wir das alles wieder mit der Erde zu und hofften, dass es niemand entdeckt. Denn so richtiges Kunstwerk wurde es erst, wenn man es nach einigen Tagen ausgrub.

Diese Aufregung, die man ganz alleine genoss oder höchstens mit einer Freundin oder Schwester teilte, wenn wir uns geheim verabredeten und von den anderen unbemerkt davon schlichen, tuschelnd in die Hocke gingen und zu graben begannen. Dieser Moment, fast magisch, wenn etwas Glitzerndes aufblitzte. Wie vorhin, das Schwenken des Seitenspiegels oder das Glänzen der Sterne beim Hineinbalancieren ins Fenster.

Der beste Platz für unsere Sekretiki war an unserem Hausgiebel im Süden, unter einer der drei Pappeln. Am Pappelgiebel hielten wir uns nicht oft auf, dort gab es nichts Spektakuläres, bis auf das silbrige Rascheln der Blätter und ihren herbwürzigen Geruch, oder, im Frühsommer, den weißen Pappel-flaum, der alles wie mit Schnee bedeckte und unnötigerweise an den gerade vergangenen langen Winter erinnerte. Ansonsten war unter den Pappeln bloße Erde, hart und nackt. So etwas wie einen Rasen kannten wir nur aus dem Puschkin-Park in der Stadtmitte. Ein Rasen hätte im Steppensommer nicht einmal eine Woche ohne Bewässerung überlebt, deshalb hatte man in den Hausgärten entweder Beete mit Nützlichem, Gemüse, Blumen, oder eben bloße Erde.

Eine meiner ersten Erinnerungen an mein Elternhaus findet am Hausgiebel statt, lange bevor hier die besagten Pappeln wuchsen. Mein Vater verputzt ihn gerade, „stukaturitj" sagt man dazu auf Russisch, und modelliert die Hausecken, die später weiß gestrichen wurden. Ich erinnere mich nur an Vaters Putzbrett, auf das er mit Schwung den Mörtel belädt und die-sen mit einem weiteren Schwung an die Hauswand drückt. An das Huschen eines Lächelns und sofort die strenge Frage: „Wer hat dir des verzählt?" Ich habe gerade etwas geplappert, einen Witz wahrscheinlich nachgeplappert, ich weiß nicht mal, ob auf Deutsch oder Russisch, ich weiß nur, dass ich wegging, ver-dutzt nachdenkend, was ich da wohl nicht verstanden hatte.

Diese Szene leuchtet rot im Schwarz-Weiß-Film meiner Kindheit. Erinnere ich mich deshalb so gut daran, weil ich öfter zurückdachte? Wie lange hatte ich versucht, den Witz zu ver-stehen?

Unsere Erinnerungen sind ein großes Geheimnis und wir, denen sie ja gehören, wie einem nur etwas Ureigenes gehören kann, wie der Atem, wie das Blut, näher geht es nicht – wir versagen. Nicht einmal das haben wir im Griff.

Wie oft grabe ich meine Bewusstseinsfinger wund und finde nichts, ich weiß, es müsste da sein, genau da habe ich es ver-steckt. Ich fange an zu suchen, da war doch was, genau hier müsste es sein und plötzlich blitzen sie, erleuchtet, und sind da, lebendig wie eh und je und spiegeln trotzdem nur einige Sekunden von damals wider.

DAS SCHAUKELPFERDCHEN

Es muss im Frühsommer 1969 gewesen sein, denn ich ging noch in den Kindergarten: Er lag etwa zweihundert Meter vom Haus unserer Oma. Täglich holte sie uns, meine Schwester Lena und mich, vom Kindergarten ab und brachte uns am nächsten Morgen wieder hin. An diesem Tag wurden wir nicht abgeholt und gingen alleine heim, ich weiß nicht, warum Oma nicht kam und warum uns die Kindergärtnerinnen alleine gehen ließen. Heute ist das unvorstellbar. Aber die Siedlung war überschaubar, dörflich, Autos gab es nicht, es fuhr höchstens mal ein Motorrad vorbei, und jeder kannte jeden, so dass das kein Problem war.

Ich weiß noch, dass wir zwei durch den großen Hof des Kindergartens gingen und am hinteren Ausgang einen Sperrmüllhaufen entdeckten. Offensichtlich hatten die Kindergärtnerinnen an diesem Tag groß ausgemistet, denn dort lagen mehrere kaputte Kinderstühle und Spielsachen herum. Ganz am Rand stand ein Schaukelpferdchen. Es war ziemlich ramponiert und die Farbe abgeschlagen, aber man erkannte noch die Umrisse der hellbraunen Kreise auf dem grauen Körper, die braune Mähne und das Zaumzeug, die aufgemalt waren. Der Schweif war herausgerissen und an dieser Stelle klaffte ein so großes Loch, dass wir mit dem Finger darin pulen konnten und fühlen, was sich innen befand. Da war nichts, das Pferdchen war innen leer. Ich weiß nicht, woraus es geformt war, stabiles Pappmaché vielleicht. Das Loch war nicht scharfkantig wie bei einem

Kunststoff, sondern weich, man spürte an der Kante die ausbröckelnden Schichten.

Das Pferd war jedenfalls so stabil, dass wir uns draufsetzen und schaukeln konnten. Aus Holz war es ganz sicher nicht, sonst wäre es zu schwer gewesen, wir hätten es nicht tragen können. Denn das taten wir. Wir packten es an den Kufen und am Kopf und schleppten es den ganzen Weg bis zum Haus unserer Oma, wie zwei emsige Ameisen, pustend und hechelnd, denn das Pferd reichte uns bis zur Brust. Unterwegs mussten wir es mehrmals absetzen und Kraft schöpfen, aber wir schleppten es weiter. Ich weiß nicht mehr, was Oma sagte, ob sie gelacht oder geschimpft hat. Ich kann mich nur an diese Anstrengung erinnern und an die raue, abgescheuerte Oberfläche des Pferdebauchs.

Warum wir es überhaupt mitnahmen? Zu der Zeit warf man Altes lieber weg, verräterische Fotos, einen hinderlichen Namen, die Nationalität im Ausweis... Ich weiß auch nicht, wie lange wir damit spielten, jedenfalls vergaßen wir das Pferdchen irgendwann, wahrscheinlich, als es draußen Sommer wurde und das Spielen im Freien viel spannender war als drinnen. Bis es ein Wiedersehen gab. Ein Wiedersehen, aber noch kein Wiedererkennen. Beim nächsten Weihnachten.

Weihnachten hieß bei uns nur der eine, besondere Abend, die wenigen Stunden am 24. Dezember. Es begann, wenn Vater von der Arbeit heimkam und die Verwandten, meist Geschwister unserer Eltern mit unseren Cousins und Cousinen, eingemummt in wärmste Mäntel und Tücher, den langen Weg von der Bushaltestelle durch die verschneiten Straßen stapften. Laut und lachend traten sie in unser Haus ein, die Wimpern und Augenbrauen mit weißer Schneeschminke dick angemalt, die Nasen und Wangen rot und die Augen leuchtend vor Vorfreude. Wenn es zu stark schneite oder wehte und auf die öffentlichen Verkehrsmittel kein Verlass war, blieben sie daheim. Auch der nächste oder übernächste Tag waren Arbeitstage und wir Kinder mussten in die Schule und in den Kindergarten, also früh aus dem Bett.

Jetzt erst fällt mir auf, dass wir das Wort „Heiligabend" gar nicht kannten, für uns war dieser Abend das eigentliche „Weihnachta". Der Abend, an dem das Christkind kam. Und mir fällt auf, dass das Wort Christkind das einzige Wort ist, für das wir – auch als wir älter wurden – im Russischen keine Entsprechung kannten. Jetzt, wo ich diese Zeilen schreibe, habe ich es nachgeschlagen, Mladenz Christos heißt es auf Russisch, Säugling Christus. Sehr fremdartig, ich weiß nicht, ob ich es in dieser Kombination gekannt habe. Damals in der Sowjetunion hat man über religiöse Dinge sowieso nicht gesprochen. Auch die Russen feierten ihr Weihnachten insgeheim, aber nach dem alten Kalender der orthodoxen Kirche erst zwei Wochen später.

Der Christkind-Besuch war und ist der schönste Brauch in meiner Familie, denn das Christkind kommt bei uns persönlich und gibt den Kindern die Geschenke in die Hand. Das ist bis heute so. Wenn ein Kind wagemutig ist, kann es dabei sogar die Hand des Christkinds berühren oder das lange weiße Spitzenkleid oder den Schleier, der das Gesicht verhüllt. Aber das trauen sich – auch heute noch, egal wie aufgedreht und wie aufgeklärt sie sonst sind – die wenigsten Kinder. Der Brauch kommt aus der badischen und elsässischen Heimat unserer Vorfahren und hat sich in den zweihundert Jahren in Russland kaum gewandelt. Selbstverständlich nur bei denen, die an dieser Tradition heimlich festhielten und damit riskierten, dass ihre Kinder es draußen erzählen und sie verraten würden.

An dem besagten Weihnachten erlebte ich ihn wahrscheinlich zum ersten Mal bewusst. Wir saßen in unserem Wohnzimmer, frisch gebadet und in den besten Kleidern, dicht an dicht und starr vor Aufregung und Neugierde, auf dem Diwan und allen Stühlen und Hockern des Hauses, und sangen die zwei Weihnachtslieder, die wir kannten. Immer wieder. Wir kannten damals nur „Ihr Kinderlein kommet" und „Stille Nacht". Und wir warteten. Das Licht war ausgemacht, wir betrachteten einander im Flackern der Kerzen und des Tannenbaumlichts, und warteten. Spätestens als Oma das Lied zum dritten Mal anstimmte, hatten wir alle den Text gelernt und sangen mit. Und wurden kleinlaut.

Plötzlich klopfte es am Fenster und man hörte ein Kettenrasseln, die Eltern sagten: „Horcht!", und schauten uns verschwörerisch an. „Gleich kommt´s!" Sie sagten, dass wir nachdenken sollten, ob wir im vergangenen Jahr auch brav waren. In diesem Augenblick, wenn man das scheppernde Klopfgeräusch mehrerer Ruten am Fensterglas hört, drücken sich die Kleinen – auch heute noch – ganz fest an ihre Mütter oder älteren Geschwister, und die Größeren jucken hin und her und springen von ihrem Stuhl auf. Sogar die vorlautesten Kinder werden unsicher und denken inständig nach, denken über das ganze Jahr nach, denn gleich werden sie vors Christkind treten. Dann wird alles rauskommen. Wie empört war ich zwei oder drei Jahre später, als mir meine großen Cousins gönnerhaft eröffneten, dass das Christkind unsere verkleidete Tante Lisa war. Ich glaubte ihnen nicht. Auch als ich Zweifel bekam und mich umschaute und Tante Lisa tatsächlich nicht mehr im Zimmer war, wollte ich es nicht wahrhaben. Ich schaute in die runden Augen meiner jüngeren Geschwister und wollte wieder klein sein und an das Christkind glauben.

Wie an dem Abend damals. Das Glöckchen klingelte hell, die Erwachsenen traten feierlich leise an die Seiten des Vorzimmers und machten dem Christkind Platz. Es blieb an der Wohnzimmertüre still stehen. Oma sagte, dass es von weit käme und als Erstes wissen wolle, ob wir beten könnten oder ein Gedicht aufsagen. Wir traten einer nach dem anderen vor, zuerst die Mutigen, dann die Schüchternen, und die meisten brachten nur das allereinfachste heraus: „Chrischkindl komm', mach mich fromm, ass[5] ich in de Himmel komm'". Das Christkind nickte immer nur, gab das Geschenk und klopfte mit der Rute ganz leicht auf unsere Finger, damit wir ja weiterhin brav blieben.

Alle hatten kleine Geschenke bekommen, eine Puppe oder einen Lastwagen, aber Andreas, unser zweijähriger Bruder, bekam ein Schaukelpferd, das fast so groß war wie er. Es hatte wunderbares dunkelrotes Fell aus glänzendem Plüsch, das man so schön streicheln konnte, weich und glatt in die eine Richtung, und kitzelig, wenn man in die Gegenrichtung fuhr, eine dichte, kurze Mähne aus schwarzem Webpelz, spitze Ohren aus Leder und große Augen aus runden Knöpfen, die uns gutmütig ansahen. Es stand auf massiven hölzernen Schaukel-Kufen, die dunkelbraun lackiert waren. Kaum wurde Andreas daraufgesetzt und hin und her bewegt, schon juchzte er laut vor Freude.

Das Schaukelpferdchen war die Attraktion des ganzen Winters, für uns alle, ach, nicht nur dieses einen Winters. Es hatte weder Sattel noch Zaumzeug, aber wir vermissten dies gar nicht. Selten hat es stillgestanden, ständig ritt jemand darauf, wieherte übermütig und überschlug sich fast. Die nächstgeborenen Geschwister wurden bereits auf den Pferderücken gehoben, sobald sie sitzen und das Gleichgewicht halten konnten. Je größer sie wurden, desto wilder war ihr Ritt und umso verwegener tönte das Wiehern.

Mehrere Jahre vergingen, bis ich das Pferdchen erkannte. Erst als meine Brüder älter und stärker wurden und eines Tages miteinander stritten, wer als Nächstes mit Reiten dran wäre, und dabei den Schwanz ausrissen, erkannte ich das Loch und die Leere darin und fühlte mit dem Finger unter dem Bezug die raue Oberfläche des alten Pferdchens, das Lena und ich so mühsam heimgeschleppt hatten. Weder sie noch ich waren eifersüchtig, wenn unsere Geschwister auf unserem Pferdchen

---

[5] Der Buchstabe „d" bei „dass" wird in unserem Dialekt weggelassen

schaukelten. Wir waren ja schon groß. Wir fragten uns nur, wie unsere Eltern es geschafft hatten, das Pferdchen heimlich so schön herzurichten.

SCHEIN, HEILIG

Den fünfzackigen Stern lernten wir schon im Kindergarten zu malen: Links unten anfangen, mit Schwung hoch und wieder rechts runter, im gleichen stolzen Winkel wie die Pioniere beim „Immer bereit", dann links in die Mitte, zack, und rechts, zack, und zurück zum Ausgangspunkt. Drei Bewegungen, stolz, zackig, laut.

Ganz anders die stille Befragung beim Abendgebet, ohne die es in Großmutters Stube nicht ins Bett ging: War ich heute brav, war ich böse, habe ich gelogen? Ich bin klein, mein Herz ist rein, darf niemand drin wohnen als Jesus allein.

Der Heiligenschein wäre viel einfacher zu malen: nur eine – eine weiche Bewegung, ein Kreis. Er blieb verborgen, nur wage im Kopf angedeutet, angedacht.

„DER FAULE"

Faulheit war bei meinen Großeltern eines der schlimmsten Vergehen. Jedenfalls von den Vergehen, zu denen wir Kinder in der Lage waren. Ich würde mal sagen, die Faulheit konnte noch von zwei Vergehen übertroffen werden: etwas mutwillig, aus Bosheit kaputt machen und Lügen.

Bei jeder schlechten Note, bei jeder kleinen Nachlässigkeit hörten wir ein besonderes Gedicht – von einem Jungen, der die Schule schwänzte und lieber seinen Hund dressierte. Sie kannten es alle auswendig, nicht nur unsere beiden Großmütter und der Opa, sondern alle Großtanten und Großonkel. Deswegen vermutete ich, dass es ein Schulgedicht war, noch von ihrer deutschen Schule dahaam. So machte ich mich im Internet auf die Suche.

Das Gedicht heißt „Der Faule" und stammt von Robert Reinick, einem deutschen Dichter und Maler in der ersten Hälfte des 19. Jahrhunderts. Ich habe es auf den ersten Google-Klick gefunden, und zwar auf sehr interessanten Seiten: in den Erinnerungen eines Anatolij Scharapow zum 200-jährigen Jubiläum der ukrainischen Universität in Charkow, in einem ungarndeutschen Wochenblatt sowie im amerikanischen „Journal Of the American Historical Society Of Germans from Russia". So weit war es in der Welt herumgekommen.

Auch wir haben es so oft gehört, dass ich mir nicht nur die Worte einprägte. Wie die Großeltern es vortrugen, war so ganz anders, als sie normalerweise sprachen: Die Augen halb geschlossen, die abgearbeiteten Arme nah am Körper, wie Schulkinder. Überhaupt ihre ganze Haltung – gerade aufgerichtet, feierlich. Da konnte man sich vorstellen, wie sie es vor ihrem Lehrer aufsagten.

Heute in die Schule gehen,
da so schönes Wetter ist?
Nein! Wozu denn immer lernen,
was man später doch vergisst.

Doch die Zeit wird lang mir werden,
und wie bring ich sie herum?
Spitz, komm her, ich will dich lehren.
Hund, du bist mir viel zu dumm!

Ja, du denkst, es geht so weiter,
Wie du's sonst getrieben hast?
Nein, mein Spitz, jetzt heißt es lernen.
Hier! Komm her! Und aufgepaßt!

So – nun stell dich in die Ecke –
Horch! den Kopf zu mir gericht't –
Pfötchen geben! – So! – noch einmal!
Sonst gibt's Schläge! – Willst du nicht?

Die Sprache des Gedichts ist zwar einfach, aber es gab trotzdem etliche Wörter, die ich nicht verstanden habe. Nur habe ich mich nicht getraut, nachzufragen, wenn Großmutter verärgert war. Jetzt, wo ich das Gedicht im Internet nachgelesen habe, ist es klar:

Andre Hund' in deinem Alter
Können dienen, Schildwach stehn,

46

Können tanzen, apportieren,
Auf Befehl ins Wasser gehn.

Haben wir das Wort „dienen" im Zusammenhang mit dem Hund überhaupt verstanden? „Schildwach stehen" haben wir ganz sicher nicht gekannt, es ist eine Wache in voller Rüstung, las ich heute. Aber was bedeutet das bei Hunden? Auch „Apportieren" musste ich nachschlagen und lernte, dass es aus dem Französischen komme und das „Herbeibringen" des vom Jäger geschossenen Wilds durch den Jagdhund bedeute.

Lustig auch das Wort „Spitz". Ich hatte immer angenommen, dass der Hund so heißt. Bis uns der Onkel aus Deutschland das „Max und Moritz"-Buch von Wilhelm Busch schickte und der Hund der Witwe Bolte dort genau so hieß. Da kamen Zweifel auf, aber erst in Deutschland lernte ich, dass Spitz eine Hunderasse ist.

So wurden wir sozialisiert. So lernten wir – 3.000 Kilometer entfernt – die deutsche Kultur kennen, auch wenn beide, sowohl Robert Reinick als auch Wilhelm Busch erst später wirkten, als unsere Vorfahren Deutschland längst verlassen hatten.

Aber wie streng der Junge zu seinem faulen Spitz war, wie lustig er genau die Worte seiner Eltern wiederholte:

Was? du knurrst? du willst nicht lernen?
Seht mir doch den faulen Wicht!
Wer nichts lernt, verdienet Strafe,
Kennst du diese Regel nicht?"

So schade, dass wir da Gedicht nicht noch öfter hörten! Warum war ich nur so brav? Heute könnte ich jedes Mal losheulen, wenn ich an die runden Augen und die spitzen Lippen meiner Großeltern denke, wenn sie den Schluss vortrugen:

Horch, wer kommt? Es ist der Vater!
Streng ruft er dem Knaben zu:
„Wer nicht lernt, verdienet Strafe.
Sprich: Und was verdienest du?"

VATERS HAMMER

Schau her, wie gut die Erde riecht!, sagt er und hält mir seine Hände unter die Nase. Und ich schaue: Zwei große Hände, wie Schaufeln, vorsichtig, beinahe ehrfürchtig halten sie die feine schwarze Erdkrume. Die münzgroßen Fingernägel sind auch schwarz, auch unter den Nägeln – er zieht keine Handschuhe an, er will die Erde direkt spüren. Wie gerne wäre er Bauer geworden, denke ich, wie seine Ahnen. Aber ohne Land, ohne Maschinen, ohne Pferde ...

Er ist Schreiner geworden, ein Schreiner mit starken feinfühligen goldenen Händen. Wie oft habe ich ihnen in der Werkstatt zugeschaut, wenn sie etwas ausmaßen, den Bleistift mit den dicken Fingern hielten, aber ganz genau fixierten und etwas markierten, ihn dann hinter das Ohr legten, damit er dort bis zum nächsten Einsatz wartete; wie sie den Leim auftrugen, festhielten, wie sie hobelten oder nagelten, wie vorsichtig sie die Maschinen bedienten – sie sind nämlich alle noch dran, seine großen Finger.

Ja, besonders gerne schaute ich beim Nageln zu. Er ist nämlich ein Beidhänder, mein Vater, mit zwei rechten goldenen Händen. Wenn er hämmert und nach einer Weile müde wird, wechselt er den Hammer in die linke Hand und den Nagel in die rechte und haut weiter fröhlich drauf, wie im Zirkus. Mit der Schaffenskraft eines Menschen, der für sich selbst arbeitet. Wie viel haben diese Hände schon gearbeitet!

WENN SELBST HEIMKOMMT,
WERDE ICH IHN FRAGEN

Ich beame mich in meine Kindheit zurück. Wie schön wär jetzt ein fliegender Teppich, eine sanfte Landung: Heute hier, morgen dort, ein Blick nur und gleich fort.

Aber ich laufe. Das ist auch gut so. Beim Laufen kann ich besser denken, auch wenn ich mir das Laufen nur vorstelle.

Wenn ich an meine Kindheit denke, laufe ich oft diesen Weg. Meine Gedanken schlagen irgendwo im Umkreis des Kindergartens und der Schule auf – sie lagen fast nebeneinander, nicht weit weg waren auch die Häuser meiner Großeltern, die Bibliothek auch, die Apotheke. Ich laufe eine lange Straße, Uliza Tuljenina, etwa eineinhalb Kilometer – ziemlich weit für ein Kind, aber danach fragt niemand. In manchen Erinnerungen gehe ich an der Hand meiner Großmutter, welche Schritte sie macht, ich komme nicht nach. Manchmal schlendern wir mit Freundinnen nach der Schule, in Schuluniform, an jeder Straßenabzweigung wird die Traube kleiner, weil jemand „Poka" sagt, „Tschüss"; und dann wieder eile ich, diesmal alleine, gegen den Wind. Der bläst hier, oh wie der bläst, von der Stepj, ein kräftiger Steppenwind.

Der erste Fixpunkt ist die Chaussee, die man überqueren muss. Was für ein hochtrabendes Wort! Als ahnten die Stadtplaner, dass da mal Autokolonnen fahren werden. In meiner Kindheit gab es nicht mal eine Ampel. Doch wenn mal ein Auto kam, dann war es schnell. Geschwindigkeitsregeln, geschlossene Ortschaften? Darum scherte sich niemand, der ein Auto besaß.

Die Chaussee war zwar nur einbahnig, aber breit und gut befestigt, und sogar etwas erhöht. Hier hielt der Bus, der mich in die Musikschule brachte. Wenn er denn kam und hielt. Und ich mich reindrücken konnte. Morgens stand eine große Menschenmenge an der Haltestelle, viel mehr, als in einen ganz leeren Bus reinpassen würde. Oft wenn der fast vollbesetzte Bus kam und der Fahrer die Wartenden sah, hielt er schon zwanzig Meter früher, und dann setzte sich die Menge in Bewegung, vor allem wir, die jüngeren in der Menge. Wir liefen dem Bus entgegen und pressten uns noch rein und wenn wir dann an der Haltestelle vorbeifuhren, sahen wir die erbosten Gesichter. Die Verärgerten sahen aber auch, dass sie gar keinen Platz gefunden hätten, auch wenn sie uns nachgerannt wären.

Der Bus verband die alte Stadt mit der neuen, dem Mikrorayon, und wir wohnten dazwischen, in der Sasda. So hieß unsere Siedlung, etwa dreihundert ziemlich gleiche Häuschen mit Satteldächern und Staketenzäunen, wie sie auch in Deutschland in der Nachkriegszeit von Flüchtlingen gebaut wurden. Siedlerhäuschen. Unsere waren aber kleiner und nur einstöckig. Den Namen bekam die Siedlung vom Fluss Sasda, der in der Nähe vorbeifloss. Wenn er denn floss. Die meiste Zeit des Jahres war er ausgetrocknet und dann war es einfach nur ein Graben, der sich durch die Steppe schlängelte.

Die Siedlung ist Anfang der 60-er Jahre entstanden, in drei Bauabschnitten, meine Großeltern wohnten in der ersten Sasda, nach der Chaussee begann die zweite Sasda und wir wohnten in der dritten. In den späten 70-er Jahren wurden wir ringsherum von fünfstöckigen Plattenbauten eingequetscht. Auf meinem Weg passiere ich rechter Hand mehrere solche grauuniformierte Plattenhäuser. Hier marschierten wir und zählten unsere Schritte. Auf den Balkonleinen flatterte die Wäsche. Jedes Haus etwa dreihundert Stechschritte. Sechs Eingänge mit je 15 Wohnungen, drei pro Etage. Ergibt neunzig Wohnungen pro Haus. Bei einer durchschnittlichen Wohnungsbelegung von fünf Personen wohnten pro Plattenhaus also etwa 450 Personen.

Städter. Man sah sie auf den Balkonen stehen, oder man erahnte ihr Huschen hinter den Vorhängen in den erleuchteten Fenstern. Ansonsten spielte sich ihr Leben auf der anderen Hausseite ab, im Innenhof der Plattensiedlung. Auf der linken Straßenseite der Uliza Tuljenina standen die Dorfhäuser unserer Sasda, klein aber selbstbewusst. Selbstversorger. Schnitzereien an den Hoftoren, Hundegebell, hinter den Staketen müde abgeknickte Tomatenstöcke. Dahinter die Ställe, selbstgebastelte Gartenduschen und ganz hinten die Toilettenhäuschen. Nichts für Menschen mit zwei linken Händen.

Am liebsten komme ich im Sommer zurück, denke an den Staub neben der Straße, an die Blumen in den Vorgärten, auch auf der Tuljenina-Straße muss ich nicht besonders aufpassen, es gibt kaum Verkehr. Fast am Ende der Straße, an der Kreuzung mit der Uliza Engelssa, biege ich links ab. Noch ein Stückchen, zweihundert Meter, dreihundert? Das tannengrüne Tor und der mannshohe Staketenzaun sind das erste, was ich sehe. Dahinter das Grün der Bäume und Sträucher, das kräftige Türkisblau des Hauses, Hausecken, deren Weiß die weißen Fenster mit weißen Gardinen einrahmen.

Alle Häuser stehen mit dem Giebel zur Straße, nur unseres nicht. Wir haben ein Eckgrundstück und das Haus versteckt seinen Giebel vor allzu neugierigen Blicken zur kleinen Gasse hin. Zum Süden. Die Hausfassade sieht genauso aus, wie bei den Häusern aller unserer Verwandten und Nachbarn. Nur die

Details sind unterschiedlich: die Farbe mal mehr himmelbau, mal türkis, die Form der Hausecken, die Größe der Fenster und der Fortotschki, den kleinen Lüftungsöffnungen in den ansonsten festeingebauten Fenstern. Vor dem Zaun, direkt am Tor, der riesige Sandhaufen, jedes Frühjahr neu geliefert. Woher besorgte mein Vater den Sand? Vielleicht sogar vom Sasda-Flussufer? Der Lastwagen kam, kippte eine volle Sandladung ab, noch etwas feucht und kühl, aber weich und die Sandkörnchen jungfräulich sauber, und schon begann eine herrliche Zeit, die bis zum Herbst dauerte. Für alle Kinder unserer Straße.

Der eigentliche, offizielle Hofzugang befindet sich im Süden, man geht durch das Gartentor und nicht durch das Hoftor im Osten. Von dieser Seite ist der ganze Hof durch den hohen Staketenzaun gut einsehbar, im Hintergrund die lange Zeile der Nebengebäude, eine Tür in den Kohleschuppen, eine zum Kellerabgang, die Tür der Sommerküche, dann der Stall und die Heuscheune. Davor der Garten mit Obstbäumen und Gemüsebeeten. Ich muss mich in Gedanken orientieren, denn von unserem Hof gibt es kaum Fotos. Erstens hatten unsere Eltern lange keine Fotokamera und auch keine Zeit für die Fotoentwicklung, die musste eigenhändig in einer dunklen Kammer gemacht werden, einen Entwicklungsdienst gab es ja nicht. Und als wir dann später eine Kamera hatten, kamen wir nicht auf die Idee, solch profane Dinge wie die Sommerküche oder den Stall zu fotografieren.

Über den Beeten sind Wäscheleinen gespannt, auf denen meistens Stoff-Windeln trocknen, Unterhosen und Unterhemden in allen Größen, Handtücher, Bettzeug. Weil die Leinen nicht ausreichen, trocknet die dunkle Wäsche an windstillen Tagen auf dem Staketenzaun auf der anderen Seite der Beete: Socken, Strumpfhosen, auf jeder Stakete etwas. Dieser niedrige Zaun schützt den Gemüsegarten vor unseren Füßen und unseren Fahruntersätzen: vor Tretrollern, Dreirädern und Fahrrädern in allen Größen.

Der Weg vom Gartentor zum Haus ist zementiert und führt geradewegs auf die Veranda zu. Links biegt er ab zur Sommerküche. Im Sommer spielte sich unser Leben hier ab, ins Haus gingen wir nur zum Schlafen. Im Frühjahr wurden die Küchenmöbel und die Waschmaschine – in den späteren Jahren, als wir einen Kühlschrank hatten, auch der – aus dem Haus in die Sommerküche getragen. Hier verblieben sie bis Ende September oder noch länger, so lange wie möglich, wie das Wetter es eben zuließ. Der Ofen im Haus wurde nicht nur zum Heizen, sondern auch zum Kochen genutzt und damit es im Haus im Sommer kühl blieb, kochte man in der Sommerküche. Auch dort war der Ofen festgemauert.

Wir sprangen den ganzen Tag barfuß herum und abends wurden alle in einem Bottich gewaschen. Dazu hatte die Mutter schon morgens den Bottich mit Wasser gefüllt, in wenigen Stunden war es warm und am Abend gerade richtig für die große Waschparade. Sie stellte den Bottich auf eine Taburetka, einen Hocker, damit sie sich nicht so tief bücken musste, wir Großen fingen die Kleinen einen nach dem Anderen ein, stellten sie in den Bottich und Mutter schöpfte das Wasser auf ihre Füße oder auf die Oberschenkel, und manchmal, je nach Grad der Verschmutzung, gleich auf den Kopf. Nach dem Abtrocknen trugen die älteren Geschwister die Kleinen im Huckepack ins Haus, damit ihre Füße sauber blieben. „Tschock-Tschock", riefen die Kleinen und juchzten dazu, und wir, die Huckepack-Taxis, hüpften dabei im Galopp und machten noch eine Sonderrunde, bevor es die Treppenstufen hinauf ins Haus ging. Und die anderen, in der Taxi-Warteschlange, maulten schon, warum es so lange dauere, bis sie aufsteigen können.

Im Winter wurde die Sommerküche nur selten genutzt. Ich erinnere mich nur an die Tage, wenn unsere Mutter hier nach dem Schweineschlachten stundenlang das Schmalz und die Grieben ausbriet oder das Fleisch in Einmachgläsern einkochte. Das kleine Fenster war dann angelaufen und der ganze Raum voller Dampfschwaden und es duftete nach Lorbeerblatt und ganz fein nach Knoblauch und Pfeffer. Andere Gewürze hatten und kannten wir nicht. Mutter schnitt das Fleisch klein und kochte es so lange, bis es sich von alleine von den Knochen löste und zerfiel, und füllte es dann in Gläser. Als oberste Schicht kam Fett drauf, das beim Abkühlen zu Schmalz wurde und alles konservierte. Es schmeckte ähnlich wie das französische Gericht Rillette und war wie Rillette eine ausgesuchte Delikatesse, besonders im Sommer. Eingelegtes Fleisch war das Einzige, das im Winter für den Sommer konserviert wurde, und nicht umgekehrt. Denn die Kühlschränke waren zu klein und Kühltruhen gab es nicht.

In der restlichen Winterzeit diente die Sommerküche dem Vater als Werkstatt – abends, nach der Arbeit. Bis zum Frühjahr, wenn die Gartensaison begann und Vater keine Zeit mehr zum Schreinern hatte. In der kalten Jahreszeit verbrachte er fast jeden Abend hier, denn das meiste in unserem Haus hatte er selbst geschreinert, die Betten und den Diwan, die Tische und Vitrinen und Einbauschränke, alles passgenau. Wir warfen uns vor dem Schlafengehen den Mantel über und huschten nach der Toilette noch kurz in die Sommerküche, um zuzuschauen, wie er sägte und hobelte und leimte.

Woher nahmen unsere Eltern das Selbstvertrauen, so aufwendige Dinge selbst zu machen? Alles, was wir hatten, haben sie mit ihren Händen aufgebaut, von Grund auf. So wie Vater jeden Nagel und jeden Stein in unserem Hof kannte, so ging es meiner Mutter mit den Nähsachen, mit den Knopflöchern und Nadelstichen, mit der Bettwäsche und den Gardinen und mit unseren Kleidern und Mänteln. Oder wird man selbstverständlich so, wenn man keine andere Wahl hat? Wenn es ums nackte Überleben geht?

Ich kann mich erinnern, wie fasziniert ich den Fingerhut der Mutter beobachtete: Sie steckte ihn ganz beiläufig an, sobald sie eine Nadel in der Hand hatte – ohne den Fingerhut konnte sie gar nicht nähen – und schon war er an ihrem Mittelfinger wie angewachsen.

Es war ihr kleiner Zirkus – egal wie sie die Hand hielt, wie lange sie uns hin und her drehte, während sie an uns mit schnellen Stichen alles feststeckte, den Kragen, die Ärmel, den Saum: Der Fingerhut fiel nie runter.

Die Anprobe-Szenen haften genauso in meiner Erinnerung wie Vaters Werkstatt, wurden sie doch unzählige Male repetiert. Dieses „Jetzt dreh dich amol … awwer doch nit so schnell" oder „Harta-Dunnerschtag[6], bleib amol ruhig steh!".
Und ich, just in dem Augenblick, wo Mutter mir das halbfertige Stück überstülpte und mit dem Messen anfing, da fiel mir meistens ein, dass ich schon lange dringend musste, aber wie dringend! Die ganze Zeit hatte ich keine Zeit zum Nachdenken, aber jetzt, da ich still stand, wurde es mir heiß vor Dringlichkeit und ich fing an zu tänzeln. Und später schmunzelte ich über meine Geschwister, auch sie, genau da, wenn sie unter Mutters flinken Händen mal zwei Minuten still stehen mussten, fingen sie an zu zappeln, mal das eine Bein hochzuziehen, mal das andere. „Na, geh, spring schnell, awwer komm gleich wieder!", Mutter wusste, dass sie mit dem Ergebnis dieser Anprobe eh nichts anfangen können würde.

Doch zurück zum Hoftor, das ist schließlich der übliche Eingang zum Kleinod unserer Eltern, zum Ort unserer Großtaten. Neben dem Hoftor für Vaters Gefährt ist eine große Tür für die Fußgänger, dahinter die Einfahrt zur Garage, die sich stirnseitig an die lange Zeile der Nebengebäude anschließt. Hier spielten wir, denn hier konnten wir weder aufs Gemüse drauftreten noch mit dem Ball ein Fenster einschlagen. Hier waren immer mit Kreide Klassiki aufgemalt, Himmel-und-Hölle-Kästchen, die man durchhüpfen musste, ohne auf die Kreidestriche zu treten. Hier hüpften wir Mädchen mit unseren Freundinnen

---

[6] Dialekt-Schimpfwort, keine Ahnung, was das heißt

oder wir sprangen Seil. Dazu lagen im Hof mehrere Springseile herum: kurze zum alleine springen oder lange, wenn mehr Freundinnen da waren. Manchmal waren wir zu zehnt, da musste der ganz lange dicke Kuhstrick her.

Jetzt bin ich wieder abgeschweift, zurück zur Garageneinfahrt: Hier steht Vaters Männerstolz, sein Motozikl, das Motorrad. Marke ISH Jupiter2. Nur selten fährt Vater es als Zweirad, meistens hat er etwas zu transportieren, im Beiwagen. Dieser ist Mutters Glück, denn damit sind wir unabhängig vom unzuverlässigen Busverkehr, wenn jemand von uns Kindern in die Poliklinik gebracht werden muss. Sobald die Grjasjuka, der größte Dreck und der Schlamm, im Frühjahr vorbei sind, holt Vater das Motorrad aus der Garage und fährt damit bis zum Winter, solange es nur möglich ist.

Wenn man die Garageneinfahrt endlich passiert, steht man an der Stelle, von wo man den ganzen Hof überblicken kann, die ganze Herrlichkeit meiner Kindheit: Klassiki und Motozikl im Rücken, Beete, Blumen, Bäume, das Wasserfass vor mir, die Veranda und das Haus links und die Wirtschaftsgebäude rechts, der Brunnen, der Bottich, der Hund und die Katze, Taubengurren und Hühnergegacker, ganz am Ende der Misthaufen. Etwa 600 Quadratmeter hatte unser Grundstück, sagt mein Vater, was ich nicht glauben kann. So wenig! Und reichte doch für die Rundum-Versorgung einer großen Familie. Und für eine Rund-um-die-Uhr-Beschäftigung für uns Kinder.

Das Grundstück war vom Staat gepachtet, wie alle Grundstücke der Sasda-Siedlung, das Haus darauf unser Eigentum. Samostroj, Eigenbau. In der Zeit des Aufbruchs nach der Stalin-Ära wurden so viele Wohnungen gebraucht, dass individuelles Bauen und ein kleines Privateigentum wieder ermöglicht wurden. Und damit eine zaghafte Selbstbestimmung. Die Details an den Hausfassaden der Sasda erzählten so viel von ihren Besitzern. Und verrieten sie als insgeheime Individualisten. Wir, die

Sasda-Bewohner, wurden von klein auf zur Selbstbestimmung erzogen, dazu, auch die kleinsten Möglichkeiten und Schlupflöcher, die die sowjetische Realität bot, auszunutzen. Um unabhängig zu sein.

Ich mag das Wort „Sam": selbst, eigen. Der Samowar, der selbst kocht, der Samokat, der selbst rollt, der Tretroller, der Samoljöt, der selbst fliegt, Flugzeug. Samodejateljnostj, Selbstverantwortung, Samosnabshenije, Selbstversorgung, Samisdat, Eigenverlag, Samouwerenostj, Glaube an sich selbst. Ein kleines Wort unterscheidet die Welten.

Da fällt mir eine Episode ein. Eines Tages kam die alte Nachbarin Tjotja Marussja zu uns und wollte etwas von meiner Mutter. Keine Kleinigkeit wie Zucker zum Backen, sondern etwas Größeres. Vielleicht ging es um den gemeinsamen Zaun oder um das Verputzen ihrer Semljanka, die an unser Grundstück angrenzte, ich weiß es nicht mehr. „Choroscho", sagte meine Mutter und machte ein ehrfürchtiges Gesicht: „Gut. Wenn Selbst heimkommt, werde ich ihn fragen!", natürlich auf Russisch. Ich verkniff mir das Lachen, denn „Sam" war sie ja selber, nicht unser Vater. Wir Kinder, die wir uns eingebildet haben, besser russisch zu sprechen, lachten oft über die Alten. Doch Tjotja Marussja verstand sie. Vielleicht sagte man so in Altrussisch oder in Sibirien, wo meine Mutter aufwuchs?

Zurück zur Garageneinfahrt, ich habe was Wichtiges vergessen. Unter der betonierten Einfahrt befand sich nämlich in den letzten Jahren eine große Sammelgrube, hier lief das Abwasser von unserem neuen Badezimmer hinein. Als eine der wenigen Familien hatten wir im Haus ein Bad mit Wasserleitungen: Das Frischwasser kam von unserem eigenen Brunnen und das Abwasser ging in eben diese Grube. Eine gemeinsame Kanalisation hatte unsere Siedlung nicht. Von dieser Abwassergrube hatten wir nur in ihrer Entstehungszeit etwas mitbekommen, als Vater sie mit der Schaufel aushob, betonierte und einen Kanaldeckel darauf setzte, und später nur gelegentlich, wenn die Grube voll war. Dann kam ein Kanalfahrzeug, Gawnowos, die Scheißefuhre, ihr Fahrer hing den dicken Schlauch in den Kanaldeckel, saugte alles aus und fuhr es weg. Den Gestank konnte er leider nicht mitnehmen. Vater nutzte solche Tage gerne, um mehrmals mit vieldeutiger Miene zu wiederholen: „Lernt, Kinner, lernt, sonst missen ihr[7] später einen Gawnowos fahren."

Der Gawnowos leerte bei der Gelegenheit auch das Klohäuschen, das in der Zeile unserer Nebengebäude ganz hinten stand, hinter der Heuscheune. Toilettenhäuschen im Feien waren in unserer Siedlung die Regel, sogar in der Schule, in die fast 1.000 Kinder gingen, hatten wir innen keine Toiletten. Auch dort waren die Toiletten ganz weit hinten im Schulhof und manchmal reichte die Pause nicht, um hin zu laufen. Vor allem, wenn dort eine Schlange anstand.

Aber die unrühmlichste Erinnerung habe ich an unser Klohäuschen daheim. Als ich acht oder neun Jahre alt war, bekam ich neue Sandalen, wunderschöne, mit Riemchen, die sehr fein nach Leder rochen. Sie waren zwar noch etwas zu groß, aber die Auswahl war gering und sie haben mir so gut gefallen, dass ich sie gar nicht mehr ausziehen wollte. Dabei waren Sandalen im Sommer nur fürs Ausgehen gedacht, zum Arzt oder sonntags zu den Großeltern, ansonsten liefen wir den ganzen Tag barfuß herum.

Das Malheur passierte noch am selben Tag. Ich ging aufs Klohäuschen und zappelte vermutlich, ich weiß es nicht mehr, hinterher wundert man sich immer, wie man so schusselig sein konnte! Wahrscheinlich war mein Fuß nicht richtig in der Sandale drin, sie war ganz sicher ein gutes Stück zu groß. Sie rutschte mir jedenfalls vom Fuß und fiel in das Loch. Da stand

---

[7] Missen ihr = müsst ihr (Eigenheiten des Dialekts)

ich nun und sah sie dort unten schwimmen. Sie war dank der Riemchen so leicht, dass sie nicht unterging. Ich überlegte lange. Erstens kosteten Sandalen gutes Geld, zweitens waren sie Defizit, Mangelware. Deswegen sollten sie im nächsten Jahr und vielleicht sogar im übernächsten Jahr noch von meinen kleineren Geschwistern aufgetragen werden. Von uns allen hatte nur ich den Vorteil, immer was Neues zu bekommen, ich hatte ja als Älteste lange Zeit die größte Schuhgröße.

Dann ging ich doch zu meinen Eltern und erwartete schon das Übliche: „Du, die Ältscht? Was welle mir vun de Klaane erwarte?"[8] Sie schauten sich an und sagten gleichzeitig: „Nohtert musch sie auch selwer putza!"[9] Vater ließ mich einen großen Eimer Wasser holen, nagelte einen Nagel an eine lange Stange, bog ihn zu einem Haken um, fischte damit die Sandale aus der Kacke heraus und legte sie vorsichtig im Wassereimer ab. Meine Geschwister standen abseits, als ich die Sandale wusch. Oh, wie gut ich mich an ihre gerümpften Nasen und ihre Blicke erinnere: entsetzte, mitleidige, vergnügte, hämische. Ich konnte diese Sandale aber nicht einfach schwenken oder schludrig putzen, ich musste sie ja danach selber tragen.

In Bezug auf das Schuhputzen bin ich also eine Samoutschka. Selbstlerner, Autodidakt.

---

[8] Du, die Älteste? Was wollen wir von den Kleinen erwarten?
[9] Dann musst du sie auch selbst putzen

PFÜTZENSEEMEERE

Ich erinnere mich an die Pfützen in unserer Parallelstraße, so groß wie kleine Seen, auf die ganze Straßenbreite, vom Zaun des Hofes auf dieser Seite bis zum Zaun des gegenüberliegenden Hofes. Direkt an den Zäunen waren schmale Wege festgetrampelt und mit Asche aus den Öfen bestreut oder mit breiten Holzbrettern belegt. Die Erwachsenen hangelten sich an den Staketen entlang, alte Frauen in grauen Mohair-Tüchern oder junge mit schicken Strickmützen, sie nahmen ihr Einkaufsnetz in die eine Hand, griffen mit der anderen fest die Stakete und setzten ihre Füße vorsichtig – balancierend, vortastend. Glitsch machte es unter ihren Füßen, glitsch, glitsch, glitsch.

Nicht so wir! Wir schritten mitten in die Pfütze hinein, da, wo man die Furchen darunter schon gar nicht mehr sah, je tiefer desto besser. Am liebsten waren uns die Stellen mit bunten Schlieren vom ausgelaufenen Motoröl oder Benzin. Wir bückten uns und betrachteten die Schlieren: Wie schön sich die Farben im Sonnenlicht veränderten, wie schwarzer Perlmutt! Noch schöner war es, wenn aus dem Mantelärmel grad ein Handschuh heraushing, den tauchte man mitten in die Schlieren und machte schöne Wellen.

Bis die Jungs dazukamen und mit ihren zu großen Gummistiefeln die Perlmuttpracht zerstörten, sie traten mitten rein, platsch, platsch, hauten mit den Stöcken hinein, platsch, platsch, flogen die Schlieren in alle Richtungen, platsch, platsch. Schon hörten wir die Mütter und Großmütter schimpfen, o weiha!

Abends hatten in unserer Familie wir Größeren abwechselnd Gummistiefel-Dienst. Sobald es dämmerte, stellte unsere Mutter einen großen Eimer mit warmem Wasser neben die Haustüre und legte einen Lappen hinein. Wenn man mit dem Gummistiefelwaschen dran war, wartete man, bis die Geschwister eines nach dem anderen eintrudelten und ihre Stiefel auszogen, half den Kleineren aus den Stiefeln, zog ihnen die nassen Strumpfhosen hoch und setzte sie auf dem Trockenen vor der Haustürschwelle ab. Dort kümmerte sich Mama um alles Weitere.

Dann kratzte man mit einem Holzstöckchen den gröbsten Dreck von den Sohlen ab, wusch die Stiefel mit dem Lappen, bis sie glänzten, und stellte sie zum Trocknen auf die vier breiten Eingangsstufen. Wenn noch nicht alle Geschwister da waren, schickte man jemanden nach ihnen, denn die Finger kribbelten schon vom kalten Wasser und wurden steif, oder man lief selbst auf die Straße und schrie, dass sie doch endlich kommen sollten. Dabei freute man sich schon auf morgen und übermorgen, denn dann war man nicht dran und würde selbst bis zuletzt rumfetzen und seine dreckigen Stiefel (oh ja!) einfach auf den Haufen vor der Eingangstreppe schmeißen.

Und doch, diese Minuten, nachdem man den letzten Stiefel abgestellt, den Lappen ausgewrungen und auf den Staketenzaun gehängt, den Eimer weit ausholend geleert hatte, in diesem Augenblick, wenn man als Letzter zur Eingangstreppe kam und drinnen schon Licht sah und den Duft von Bratkartoffeln roch, beim Anblick der stramm auf der Treppe stehenden Gummistiefel-Batterie, paarweise in allen Größen, Nase an Nase, Ferse an Ferse, ist man wieder ein Stückchen gewachsen.

IM ZIRKUS

Ich erinnere mich an den Zirkus. Wie das riesige Trampolin aufgebaut wird und die Netze aufgespannt, wie hoch über uns Schaukeln erscheinen und wir gebannt raufschauen: Schlagzeug-Tremolo, Spannung, Glitterglitz. Becken-Klatschen – und dann fangen sie an zu schaukeln, junge Frauen mit schlanken Beinen in Netzstrumpfhosen, wie außergewöhnlich, schlanke Beine in Netzstrumpfhosen.

Schlanke Beine, in Netz gefangen, damit sie ja nicht davonfliegen. Starke Männerarme, die sie einfangen, egal welche Pirouetten sie auch drehen; auch die Männer drehen sich, geschickt, schnell, und schaffen es doch, rechtzeitig da zu sein, wenn die Frau wie ein Schmetterling, nein, wie ein Fisch im Netz! sich windet, silbrig glänzend, sich aus den Fängen der Spinne befreit – starke Männerarme, sie fangen sie schon auf.

Schafft sie es? Ganz sicher schafft sie es, Angst, Spannung, und die treiben es immer toller, immer höher in der Luft, immer gewagter die Drehung, wie sie das können, das ist alles gut einstudiert, lange geübt. Sehr lange geübt, sie können sich aufeinander verlassen, sie können einander blind vertrauen.

Das ist der doppelte Boden, die Gewissheit, dass das Netz hält, dass jeder es kann und nicht versagt. Sonst fliegt der

Schmetterling, der schöne, flinke, bunte Schmetterling davon –
aber wohin in der Sowjetunion?

Wir waren gefangen im Alltag, alle, egal, wie kunstvoll manche Pirouetten waren, da war dieser doppelte Boden, waren
starke Männerarme. Wir waren im Netz gefangen, wie die sil-
bernen Fische.

DAS RADIESCHEN-
TRADITIONSUNTERNEHMEN

„Redisski, redisski! Sweshiye redisski[10]", schrie eine Markt-
frau und verscheuchte die Fliegen über ihren welken Radieschen. „Wkussnyje redisski, toljko s ogoroda[11]", überbot sie eine
andere. Meine Schwester und ich, damals beide in der Grund-
schule, standen daneben und wussten nicht, wohin wir in dem
Trubel zuerst schauen sollten. Der Marktstand unserer Großmutter war eigentlich nur eine verwitterte Holzkiste, die hoch-
kant gestellt wurde. Darauf reihte Großmutter etwa zwanzig
Radieschenbünde. Die langen Radieschenwurzeln waren ge-
kappt und sahen wie weiße Stupsnasen aus, die genauso neugierig in die Welt schauten, wie wir.

Als Großmutter fertig war, richtete sie ihr Kopftuch. Es war
sehr heiß. Vater brachte von irgendwo einen Eimer mit fri-
schem Wasser und ging wieder. Er mochte das Verkaufen nicht,
er schämte sich, hatte vielleicht Angst, Bekannte zu treffen. Das
private Verkaufen hatte in der Sowjetunion etwas Anrüchiges.
Da die Regale in den staatlichen Läden leer waren, konnten die
Marktverkäufer unverschämte Preise verlangen, sie waren als
Spekulanten verschrien. Den alten Mütterchen hat man aber
das Verkaufen nachgesehen.

---

[10] Radieschen, Radieschen, frische Radieschen
[11] Schmackhafte Radieschen, gerade aus dem Garten

Ein Stadtbus hielt vor dem Markteingang und Leute strömten zwischen die Stände. Großmutter nickte unserem Vater zu, nahm die Radieschen Bund für Bund und tauchte sie in den Wassereimer. Sie glänzten nun wie leuchtend rote Kugeln. An ihren Stümmeln sammelten sich Wassertropfen. Plötzlich bildete sich vor unserer Holzkiste eine lange Schlange und im Nu hatte Großmutter alles verkauft. „Redisski, Redisski!", schrien die Frauen neben uns immer noch, als wir schon mitsamt Holzkiste zum Markt-Ausgang gingen.

Wir verdienten tatsächlich gutes Geld damit, der Radieschen-Anbau war sehr lukrativ. In der zweiten Aprilhälfte, wenn die Erde endlich etwas trocken war, ging die Produktion los: Alle Beete in unserem dreihundert Quadratmeter großen Nutzgarten umgraben, alten Kuhmist darauf verteilen, umarbeiten und alles mit dem Rechen glattziehen. Danach holten wir von einem Onkel meiner Mutter, der in der Nähe wohnte, ein selbstgezimmertes Holzbrett, ungefähr 40x60 cm groß und ziemlich schwer. Auf der einen Seite waren im fingerbreiten Abstand etwa ein Zentimeter lange Holzstifte angenagelt, auf der anderen hatte das Brett einen Holzgriff.

So ein Brett hatten unsere Vorfahren schon 100 Jahre zuvor in ihrem Dorf bei Odessa im Einsatz (wie auch den Trick, die Radieschen auf dem Markt mit kaltem Wasser zu benetzen). Man hielt es am Griff fest, legte es auf die glattgezogene feuchte Erde und drückte so fest drauf, dass die Stifte im Boden ein gleichmäßiges Lochmuster hinterließen. Dann kniete man sich am Beetrand hin, fummelte die winzig kleinen Radieschensamen aus der Tüte, passte auf, dass genau ein Samen in das Loch hineinrutschte und scharrte vorsichtig die umliegende Erde darüber. Viermal Brett hinlegen ergab eine Fläche von einem Quadratmeter. Wir legten das Brett so oft hin, bis alle Beete bepflanzt waren. Nur am Rand waren noch ein oder zwei Beete mit Zwiebeln, Sauerampfer und gelben und roten Rüben belegt.

Nach drei Tagen zeigten sich die ersten Blätter, sie bildeten ein strammes Schachmuster und schon vier Wochen später war unser Garten voll mit Radieschen, lange Reihen roter Kugeln mit kräftigen Blättern. Zu unserem Glück war nach dem Umgraben, Rechen und Pflanzen erst mal etwas Pause, denn die Erde hatte im Frühjahr noch so viel Feuchtigkeit, dass man wenig gießen musste. In diesen Wochen konnten wir draußen spielen und alles nachholen, was wir im langen Winter so vermissten. Auch das Jäten entfiel meist, bis das Unkraut in vier Wochen groß war, war auch schon Radieschen-Erntezeit. In die leer werdenden Beete kamen Gurken, Tomaten, Paprika und Auberginen. Der ganze Hof wurde „genutzt". Und wir mussten den ganzen Sommer lang mithelfen, umgraben, säen, gießen, jäten, ernten. Dieses Gemüse haben wir nicht verkauft, es wurde selbst verbraucht und für den Winter eingelegt.

Doch am besten schmeckten die Radieschen – nach dem langen Winter. Wir zupften sie aus der Erde, tunkten sie schnell in ein Wasserfass, schlenkerten das Wasser ab, bissen mit den Eckzähnen das Schwänzchen ab, mit dem zweiten energischen Biss das Kraut, und stopften das Radieschen ganz in den Mund. Wohlige Schärfe krachte darin und man musste manchmal die Lippen aufmachen, um den Mundinhalt mit frischer Luft abzukühlen. Wir wussten auch, wo die schärfsten Radieschen wuchsen: An den Beeträndern, wo beim Gießen nicht so viel Wasser hinkam! In der Sommerküche ging es zivilisierter zu: Dort schnitt unsere Mutter die Radieschen in Scheiben und vermischte den Salat mit dickem Sauerrahm und Schnittlauch. Das schmeckte auch.

Sobald der erste Hunger nach Radieschen gestillt war, wurde jeden Nachmittag, wenn wir mit den Hausaufgaben fertig waren, geerntet. Das waren immer Großaktionen, von unserer Mutter kommandiert, und zur Eile gerufen, denn alles musste vorbereitet sein, bis Vater von der Arbeit heimkam. Sie schaute, wer da war und wie sie die Aufgaben verteilen konnte.

So machten wir eine Arbeitskette und legten los: Einer zupfte die Radieschen raus, der nächste trug sie zum Wassertrog und tauchte sie dort für einige Zeit ein, der dritte fischte sie raus und wusch den verbliebenen Dreck weg und unsere Mutter wickelte eine Paketschnur um jeweils 10 bis 15 Köpfe und stutzte die Wurzeln und das Kraut und schichtete die Bünde in eine Gartenwanne, die sich zusehends füllte. In den Blüten unserer Apfelbäume summten Bienen und Hummeln, unten hummelten wir. Die Nachbarn gingen vorbei und winkten: „Nu Sossedka, kak Brigada rabotajet?[12]"

Und sie lachte zurück: „Choroscho!"

Ich schmunzle jetzt, weil ich dieses Bild so klar vor Augen sehe und den Stolz in ihrer Stimme höre. Es ist derselbe Stolz, wie bei der durchgestylten Familienmanagerin in der Fernseh-Werbung, die mit dem Satz „Ich führe ein kleines, sehr erfolgreiches Familienunternehmen" Kultstatus erreichte. Nur standen unserer Mutter in ihrem Rundum-Selbstversorger-Betrieb weder Staubsauger noch Thermomix zur Verfügung, so dass sie ihre Mitarbeiter umso mehr motivieren musste. Dafür hatte sie nicht drei, sondern dreizehn Nachwuchskräfte zu koordinieren. Ihr Stolz war nicht gespielt. Zu Recht, denn ihr Unternehmen gehörte schon zu den mittelständischen.

Später war unsere Großmutter krank und konnte nicht mehr zum Markt. Nun mussten wir Kinder die Radieschen selbst verkaufen und uns dazu unter die Spekulanten mischen. Wenn Vater heimkam, lud er die Blechwanne mit den Radieschen in den Beiwagen seines Motorrads, und wir fuhren so schnell wie möglich los, um sie auf den Gemüsemarkt im Mikrorayon, einer Plattenbausiedlung im Stadtzentrum, zu bringen. Er kam extra früher, damit wir den Hauptstrom der heimkehrenden Berufstätigen noch antrafen.

---

[12] Hallo Nachbarin, wie arbeitet die Brigade?

Kaum dort angekommen, ging Vater weg, unter irgendeinem Vorwand, etwa Geld wechseln zu müssen. Er beobachtete uns aber aus der Nähe, damit uns keiner übers Ohr haute. Unsere Brüder hatten am Verkaufen größten Spaß. Sie schrien genauso laut wie die Marktweiber ringsum „sweshiye redisski, wkussnye redisski", „frische Radieschen, schmackhafte Radieschen". Und die Kunden lachten und kauften, was die beiden natürlich noch mehr anfeuerte.

Vater stand abseits und schüttelte verschmitzt den Kopf. Ich war da neun oder zehn Jahre alt und das Verkaufen war mir auch schon peinlich. Ich beschränkte mich darauf, die Radieschen ins Wasser zu tauchen. Schließlich hatte uns unser altes Großmütterchen früh beigebracht, wie man erfolgreiches Marketing betreibt – wortlos.

EIN KLAVIER, EIN KLAVIER!

„Forte heißt laut und piano heißt leise und pianissimo ganz-ganz leise und fortissimo ganz-ganz laut", ging ich im Kopf die Hausaufgabe durch und machte eine geschäftige Miene – aber eigentlich hätte ich fortissimo schreien können, vor Freude.

Ich saß in meinem hellen Mäntelchen im Werkbus meines Vaters. Die Möbelfabrik hatte einen eigenen Bus, der morgens seine Route abfuhr und die Fabrikarbeiter einsammelte und abends alle wieder zu ihren Wohnorten zurückbrachte. „Das hat der Direktor eingeführt", sagte mein Vater, „damit die Fabrikarbeiter rechtzeitig in die Arbeit kommen und sich beim Warten an der Bushaltestelle nichts abfrieren." Er war ein sehr guter Direktor. Vor allem, weil ich ab jetzt mitfahren durfte. In die Musikschule ging ich nämlich am Vormittag, weil mein Schulunterricht am Nachmittag war. Es waren so viele Schüler in unserer Schule, dass die unteren vier Klassen in zwei Schichten unterrichtet wurden, die jüngeren morgens, die älteren nachmittags.

Draußen war es noch dunkel, im Bus war es warm und roch nach Männern. Vaters Kollegen waren alle dunkel angezogen und müde, aber als mein Vater und ich eingestiegen waren, hatten sie alle, einer nach dem anderen, den Kopf gehoben, meinen Vater mit einem Kopfnicken begrüßt und mich angeschaut. Sehr interessiert angeschaut.

Oder umgekehrt, dachte ich zwischen pianissimo und fortissimo, sie haben erst mich angeschaut und dann meinen Papa begrüßt. Und ich dachte, dass sie sicher alle denken, dass ich eines Tages eine berühmte Pianistin werde, wenn ich schon so früh am Morgen mit der Arbeiterklasse in die Musikschule fahre. Vielleicht, dachte ich weiter, dachten sie sich, ob ich es wohl schaffe, Pianistin zu werden, wenn mein Papa schon so viel Geld für meinen Unterricht zahlen muss, zwölf Rubel im Monat. Und erst für das Pianino, eintausend Rubel!

„Ein Pianino kann sich nicht jede Familie leisten", hatten mir meine Großeltern eingeschärft, als ich die Aufnahmeprüfung für die Musikschule bestanden hatte, „vor allem nicht so eine große Familie!" Und dass ich das schätzen solle. Daher also die interessierten Blicke von Papas Kollegen. Aber das mit Pianino wussten sie wahrscheinlich noch nicht. Auch ich hatte es erst am Vortag erfahren, als ich zu den Großeltern kam, um an deren Klavier zu üben. Vaters jüngere Schwester nahm mich danach in den Laden mit, zum Pianino-Aussuchen. Aber eigentlich gab es nichts zum Aussuchen. „Petrof ist das beste", sagte die Tante, „ein Import, aus der Tschechoslowakischen Republik".

Da stand es, aus dunklem Holz, und würde schon bald meins sein! Ich berührte ein paar Tasten, zaghaft, weil ich in den wenigen zurückliegenden Wochen Unterricht nur „Gammy[13]" geübt hatte, mit dem Daumen beginnen und die Tasten nacheinander anschlagen, dabei rechtzeitig den Daumen unter Zeigefinger und Mittelfinger führen – so die Tonleiter rauf und runter, ohne eine Melodie. Ich sollte sie zuerst langsam mit der rechten Hand spielen und darauf achten, dass sich nur die Finger bewegten und sonst nichts, nicht der Arm, nicht die Schulter, nicht einmal die Hand. Das wiederholte man mit den Fingern der linken Hand und dann mit beiden gleichzeitig – und

---

[13] Fingerübungen

das am besten stundenlang. Die strenge russische Klavierschule, sie wurde mir schon in den ersten Wochen zu viel. Aber als meine Tante sich in dem Laden an das Petrof-Pianino setzte und losspielte, schauten sich alle Leute im Laden um, und ich nahm mir vor, jeden Tag zu üben. Jetzt, da ich ein eigenes haben würde.

Schon so lange mussten wir dafür sparen und abends auf den Vater verzichten, weil er noch mehr schabaschnitschatj musste. Schabasch war, das wusste ich schon, wenn Papa nach der Arbeit noch weiter arbeitet und erst heimkommt, wenn es dunkel ist und wir alle schon schlafen. Diese Arbeit war nicht daheim im Garten oder im Stall, was er eh jeden Tag nach der Arbeit tat, sondern am Bahnhof, Waggons entladen, zum Beispiel, Zementsäcke schleppen oder Kohle schaufeln. Alle Arbeitskollegen von Papa mussten schabaschnitschatj, aber nur er hatte zehn Kinder, als einziger. Ich war bestens informiert.

Mama bekam auch Geld, aber nicht viel, dafür bekam sie Medaillen und Orden, jetzt hatte sie schon sechs davon. Richtige Medaillen und Orden, wie sie die Veteranen tragen, an Feiertagen oder auf die Parade. Aber Mama trug sie nicht, weil sie nicht auf Paraden ging. In der Schlange vor dem Laden helfen alle Orden nichts, sagte sie, man muss trotzdem anstehen wie alle anderen auch.

Auf manchen Medaillen war eine Frau mit einem Kind eingeritzt und ein Stern, der wie die Sonne strahlte. Auf den anderen war auch eine Frau mit Kind, aber die Frau hielt das Kind auf dem Arm und es gab keine Sonne.

Manchmal, im Winter, holten wir sie raus und spielten mit ihnen, sie waren so kühl und zackig und schwer und baumelten hin und her, wenn wir sie uns ansteckten. Wir setzten uns nebeneinander hin und machten sehr geehrte Gesichter und spielten Veterany na Paradje[14]. Unsere Mutter sagte, dass wir sie nicht verlieren sollen, vielleicht brauchen wir sie ja, sie sind aus Silber. Und dann räumte sie sie wieder weg, zu den Obligaziji.[15]

Die Obligaziji hatten wir schon lange, schon so lange, dass ich mich gar nicht erinnern konnte, wann Vater sie bekommen hatte. Aber unsere Eltern erklärten uns, wozu sie gut waren, und später erklärte ich es sehr kompetent den kleineren Geschwistern:

„Man bekommt sie für seine Arbeit statt Rubel. Wenn der Sowjetskij Sojus[16] wieder ganz viel Geld braucht, zum Beispiel für einen neuen Wasserdamm, dann müssen alle was von ihrem Verdienst abgeben und bekommen dafür eine Obligazija. Oder zwei oder drei. Wenn jemand will, dass der neue Wasserdamm besonders groß und schön werden soll, kann er auch auf mehr Verdienst verzichten und ganz viele Obligaziji nehmen. Aber Papa will das nicht. "

Auch auf das Obligaziji-Bündel mussten wir aufpassen, weil vielleicht doch noch eine von ihnen in der Lotteria gewinnen würde. Vielleicht, sagte unser Vater. Obligaziji waren viel schöner und größer als richtige Rubel und sie raschelten lauter, wenn man sie zählte. Nur konnte man für eine Obligazija nichts kaufen, nicht einmal Brot, geschweige denn ein Pianino. Man konnte sie nur einlösen, wenn sie in der Lotteria gezogen wurden.

Unser Vater schaute regelmäßig in der Zeitung, ob die Nummern unserer Obligaziji dabei waren, aber sie waren nie dabei. Er schaute die Zeitungsliste trotzdem durch. Auch wenn sein Standardspruch war, in einer Lotteria zu gewinnen, sei wie

---

[14] Parade mit Veteranen
[15] Zwangsanleihe
[16] Sowjetunion

wenn man in einen Eimer voll Wasser ein Reiskorn reintut und es mit der Gabel fangen will.

So war das bei uns. Obligaziji bekam der Papa, die Orden die Mama. Den höchsten Mutterorden bekam sie für das zehnte Kind, den Orden Matj-Geroinja, Mutter-Heldin. Er war aus Gold und hatte keine Frau drauf und kein Kind, nur einen großen Stern mit Sonnenstrahlen dahinter. Aber er war ein richtiger Orden, wie Geroj Sowetskogo Sojusa, Held der Sowjetunion. Die Orden-Geschichten kannten wir aus der Schule, wenn die Veteranen kamen und wir gebügelte Galstuki[17] tragen und saubere Fingernägel haben mussten:

„Einen Orden bekamen nur die Helden im Krieg, für besonderen Mut, wenn man als Partisan zum Beispiel zwanzig Faschisty in den Hinterhalt gelockt und erschossen hat, oder wenn man gefoltert wurde und nicht verraten hat, wo die anderen sind, und sie dann alle befreit hat, oder wenn man ein Loch gegraben hat und sich dort mit einer Bombe gelegt hat, damit ein deutscher Panzer rauffährt und alles in die Luft geht."

Es gab noch einen Orden Geroj truda, Held der Arbeit, den bekam man, wenn man immer fleißig arbeitete und immer den Plan übererfüllte, um 300 Prozent zum Beispiel oder um 500. Mama arbeitete auch viel, schlussfolgerten wir, den ganzen Tag, obwohl es keinen Plan gab für Kinder zum Übererfüllen.

Den Matj-Geroinja-Orden hat unsere Mutter zu den anderen in die Schachtel gelegt und geseufzt und gesagt, dass man auch vom höchsten Orden nicht abbeißen kann. Und dass ihr etwas mehr Geld für Stoffe und für Schuhe und Winterstiefel lieber wäre und nicht nur 180 Rubel.

---

[17] Rote Halstücher der Pioniere

180 Rubel hat es nämlich zusätzlich zum Orden gegeben. 180 Rubel seien schon mal ein guter Anfang für das Pianino, hatte mein Vater gesagt.

Die Aufnahmeprüfung für die Musikschule war am Ende der Ferien und meine Tante war mit mir hingefahren, weil das weit weg war, in der Stadtmitte, beim Bahnhof. Schon vorher besuchte ich jeden Tag die Großeltern, damit meine Tanten mit mir üben konnten: Ein Lied nachsingen, einen Rhythmus nachklopfen oder nachklatschen, so wie es von der Prüfungskommissija verlangt wird, hatten sie gesagt. Und so war es auch.

Die Kommissija war in einem großen Saal, er war ganz hoch und es hat laut geschallt, wenn man gesungen hat. Zwei Frauen und ein Mann mit einer Fantomas-Glatze saßen an einem großen Tisch und ich habe ein Pionierlied gesungen, „Pustj wsegda budjet Solnze, Immer soll die Sonne scheinen", das wir schon die ganze Zeit geübt hatten. Der Mann nickte und klopfte was auf den Tisch und sagte, dass ich das nachklopfen solle und nickte wieder, als ich es richtig nachklopfte. Danach mussten wir lange draußen warten, meine Tante und ich und viele andere Kinder mit ihren Mamas, bis alle Kinder dran waren. Und später hat man alle hereingerufen und gesagt, wer bestanden hatte. Ich war dabei!

Nun musste ich viermal in der Woche vormittags in die Musikschule, zwei Mal zum Klavierspielen, einmal zu Solfeggio[18] und einmal zu Musikliteratur. In Solfeggio sangen wir anfangs mit anderen Kindern zusammen, meistens „do-re-mi-fa-sol-la-si-do", und in Musikliteratur lernten wir die Komponisten kennen und ihren Werdegang. Im Klavierunterricht war ich alleine. Mein Lehrer – der Mann mit der Glatze aus der Prüfungskommission – hieß Max Solomonowitsch, ein älterer Jude aus Deutschland, fast so alt wie mein Opa, und wenn er redete,

---

[18] Tonlehre

hörte ich fasziniert hin. Er sprach das R ganz anders aus: nicht Rr, wie alle Leute, sondern Gr.

Er war der strengste Lehrer, den ich je im Leben hatte. Wenn ich spielte, stützte er meine Hand von unten, damit sie nicht wackelte, es fühlte sich an wie eine eiserne Umklammerung. Und schon nach wenigen Wochen gab er mir einen Beschwerdebrief für meine Eltern mit und sagte, dass mein Papa in die nächste Klavierstunde mitkommen solle. Ich trippelte pianissimo nach Hause.

Im Brief stand, dass ich nicht mit den Poduschetschki, den Fingerkuppen, spiele. Ich sollte nämlich die Finger auf keinen Fall flach halten, sondern ganz rund, und die Tasten nur mit den Spitzen der Fingerkuppen berühren und sonst mit gar nichts. Das sei am Anfang das Allerwichtigste, schrieb Max Solomonowitsch weiter. Außerdem müsse jeder Finger beim Tastenanschlagen gleich stark berührt werden, auch der fünfte, der kleinste, obwohl er nicht so viel Kraft hat, wie die großen.

Das war kurz nachdem das Klavier nach Hause geliefert wurde und die Töne meiner Gammy sich in allen Ecken des Hauses ausgebreitet hatten. Weil ich so eifrig übte. Die erste Euphorie der Familie bekam einen mächtigen Dämpfer.

Dabei hatte Mutters jüngere Schwester schon eine weiße Bluse für mich genäht, mit Spitzen dran – für das erste Konzert, das schon in wenigen Wochen stattfinden sollte. Jeder von uns Schülern sollte zeigen, was er schon gelernt habe, und es würden alle Eltern und Großeltern und Tanten da sein, und wer sonst noch zuhören wollte. Und jeder würde sehen, ob man fleißig geübt habe. „Für ein Konzert", hatte die Tante gesagt, „muss man ganz hübsch angezogen sein, die Schulforma[19] für jeden Tag reicht nicht. Und du sollst die Hübscheste sein!". Da

---

[19] Schuluniform

merkte ich, dass sogar die Tante stolz darauf war, dass ihre Nichte jetzt Pianino spielen lernt.

Als mein Vater in die nächste Klavierstunde mitkam, schickte mich Max Solomonowitsch aus dem Zimmer und ich zitterte am ganzen Körper, obwohl ich vor meinem Papa davor nie Angst gehabt hatte. Dann stellte sich heraus, dass Max Solomonowitsch meinen Vater nur kennenlernen wollte, wegen unseres deutschen Nachnamens, und deshalb den Brief geschrieben hatte. Na ja, nicht nur deshalb: Beim Konzert sollten die Schüler seiner Klavierklasse die Hände unbedingt richtig halten.

Nun musste ich mich noch mehr anstrengen, damit ich meinem Lehrer gerecht wurde und mich selbst in der hübschen Bluse nicht blamierte. Außerdem rechnete ich schon aus, dass mir die Tante für das nächste Konzert wieder was Neues nähen würde. Konzerte gab es nämlich vor allen Schulferien, also im Herbst, im Winter, im Frühjahr und im Sommer.

WIE ICH NÄHEN LERNTE

Es war in den Sommerferien, die beste Zeit also, etwas fürs Leben zu lernen. Meine Tante war Entwurfs- und Schnitt-Directrice in einer Nähfabrik. Sie entwickelte die Schnittmuster für neue Modelle, nach denen dann tausendfach Sommerkleider aus Baumwolle produziert wurden. Ein sehr anspruchsvoller Beruf und die ganze Verwandtschaft war stolz auf sie.

Manchmal nahm mich die Tante mit in ihr Büro. Auf dem großen Tisch lagen Schnittmusterbögen für alle Kleidergrößen herum, und sie rechnete und zeichnete und rechnete und zeichnete und … hatte sehr nette Kolleginnen, die mir derweil etwas Süßes zusteckten. Im Zuschneideraum daneben roch es nach Stoff und ganz fein nach Maschinenöl, es war heiß und laut. Dort standen die Maschinen, deren Messer durch dicke Stapel mit etwa fünfzig Lagen Blümchenstoff fuhren und sie gleichzeitig zerschnitten. Zualleroberst auf dem Stapel war das von meiner Tante entworfene Schnittmuster befestigt. Ich trug die Nase ganz hoch. Diese Kleider wurden später von den Mädchen in der ganzen Sowjetunion getragen und meine Tante bestimmte, wie sie aussahen.

Die beim Schnitt entstandenen Stoffreste – Loskutiki sagte man dazu – waren ein schönes Spielzeug und ich überlegte, was ich daraus machen könnte. Sie waren bunt und immer in gleicher Form, aber leider zu klein, maximal so groß wie ein großer Apfel. Aber zwei Stücke zusammengenäht ergaben schon eine Fläche für einen Kinderpopo. So brachte mir die Tante am nächsten Tag bei, wie man daraus Unterhosen näht. Vielleicht hoffte sie auch, das Stafettenstöckchen bald an mich weiterreichen zu können, ich war ja schon fast elf!

Draußen war ein herrlicher Tag. Ich hörte die Stimmen meiner Freundinnen und sah zu, wie meine Tante die Stofffetzen nebeneinander legte und mit der Nähmaschine zusammennähte. Wie eine Patchwork-Decke, nur aus demselben Stoff. Das entstandene Muster war schön, schön bunt in allen Regenbogenfarben und ich dachte an die junge Frau, die ich etliche Tage zuvor in der Stadt gesehen hatte. Sie hatte eine Hose an! Die wenigsten Frauen trugen damals Hosen, von uns Mädchen ganz zu schweigen. Die Hose der jungen Frau hatte auch noch nach unten breiter werdende Hosenbeine: Kleschy! Die neueste Mode, der letzte Schrei.

Die Tante bearbeitete jetzt die Nähte auf der Rückseite mit dem Zickzack-Stich. Das dauerte! Und während sie das Schnittmuster darauf legte und die Teile der Unterhose zuschnitt und mir zeigte, die man sie zusammennäht, dachte ich schon fieberhaft nach, wo unsere alten Strumpfhalter waren, die wir noch als kleine Kinder getragen hatten. Da war die Tante schon beim Unterhosenbund: „Schau, so schlägt man den Saum um und so zieht man das Ziegleder ein" (so nennt man in unserem Dialekt das Gummiband), und sie redete weiter, worauf ich alles aufpassen müsse, aber ich hatte schon die Lösung für meinen Plan und konnte es kaum erwarten, alleine zu sein.

Noch am gleichen Nachmittag nähte ich mir zwei Hosenbeine, am Oberschenkel enganliegend und mit Gummizug, damit sie nicht runterrutschen, und unten, am Fuß, breit, fünfmal so breit wie mein Fuß. Schickste Hippie-Hosenstrümpfe! Die musste ich halt zu meinem Rock tragen, aber das machte nichts, Hauptsache, mein Rocksaum reichte darüber und deckte den Gummizug ab.

Hätte ich bei der Tante besser aufgepasst, wüsste ich, dass der Unterhosenschnitt auch für normale Hosen verwendbar ist und mit ein bisschen Fantasie und ein-zwei Anproben hätte ich die Hose vielleicht auch komplett hingekriegt, ich war ja nicht ungeschickt. Aber ich war in Gedanken längst draußen und hörte schon die Begeisterungsrufe und die Aufregung meiner Freundinnen.

So spazierten wir los, kaum dass ich fertig war. In die Steppe, in den gerade aufkommenden Wind. Er spielte herrlich mit meinen Hosenbeinen, und ich genoss die Staubwirbel um meine Sandalen und den Neid der Mädels. Der Wind spielte natürlich auch mit meinem Rocksaum. Er lüpfte ihn mal rechts hoch, mal links, ich musste ihn fest zusammenhalten, g'schamig, wie ich – wie wir alle waren! Aber das machte nichts. Der Wind brachte ein kurzes Sommergewitter, ein warmer Sommerregen folgte, der die Steppe und mich abkühlte, sonst wäre ich vielleicht noch geplatzt vor lauter Stolz!

Meine schicken nassen Hosenbeine wurden jetzt schwer und standen vom Steppenstaub ab wie Glocken. Davon rutschte der Gummibund von meinen dünnen Oberschenkeln runter und ich musste die Hosenstrümpfe immer wieder hochziehen, den ganzen langen Weg zurück. Aber auch das machte nichts. Ich hatte immer noch die schicksten Kleschy unserer ganzen Siedlung an!

Und als gäbe es an diesem Tag nicht schon genug Ahhh- und Ohhh-Rufe, kam auch noch ein wunderschöner Regenbogen auf, mit allen Farben, die noch vorhin auf meinen Hosenbeinen leuchteten. Er spannte sich über die weite Steppenleere, füllte den Himmel und leuchtete alles an diesem Sommertag aus: die Stofffetzen, die Schere, die Idee für mein erstes Modestück, die flinken Hände meiner Tante, die die Gummilitze in den Unterhosenbund einziehen, den goldenen Singer-Schriftzug der alten Nähmaschine und die neidischen Blicke meiner Freundinnen.

ES WAR EINE SICHERHEIT
IN MEINER KINDHEIT

Es war eine Sicherheit in meiner Kindheit, eine selbstverständliche, endlose, jeden Körperteil umhüllende Sicherheit, wie man sie nur als Kind empfinden kann. Kamen mir überhaupt Zweifel?

Nein. Nicht, wenn ich ein frisches, noch warmes Brot aus dem Laden heim schleppte und zuschaute, wie unsere Mutter es anschnitt, wie sie den angebissenen Knusperrand – das Krischtele – wegschnitt und wortlos mir gab, zum Aufessen. Auch nicht – das sowieso nicht – wenn die Butter drauf kam, zartschmelzend auf dem säuerlichen Weich, so säuerlich weich, dass die Knie weich wurden vor Genuss.

Vielleicht gerade im Zusammenhang mit der Butter? Wenn es im Laden wochenlang keine Butter gab? Nein, auch hier nicht. Brot gab es immer, und so schnitten wir eine Scheibe ab, tauchten sie erst in kaltes Wasser, dann in einen Teller mit Zucker und liefen weiter, im Mund das frische, säuerliche Brot, schlutzig weich vom Wasser, und auf den Zähnen knirschten die Zuckerkristalle, wie süße Diamanten! Wie reich waren wir in der Kindheit! Auch ohne Butter.

Es war eine Sicherheit – vielleicht in der Kindheit meiner jüngeren Geschwister –, die sich auf mich übertrug, die einfache

Melodie des Wiegenlieds, das die Eltern sangen: Ha-njaa-hanjanja. Zwei Töne, eine Quart bildend, auf unzählige Arten gesungen und wiederholt, und das Schaukeln des Kinderwagens.

Genau, sein leises Quietschen in der Nacht, wenn ich vom Schreien eines Geschwisterchens aufwachte und im Halbschlummer hörte, wie Vater den Kinderwagen schaukelte – Hanjaa-hanjanja, schlaf mei lieves Maadale[20], ha-njaa-hanjanja.

Immer ist es nachts Vaters Stimme, die dieses Lied singt, er hat unserer Mutter die Kleinen wenigstens nachts abgenommen, hat sie geschont, für den Stress des Tages. Mutters Wiegenlied – das gleiche Ha-njaa-hanjanja – hörten wir kaum, oder nein: Wir hörten nicht hin – oder war es in den Lauten des Familienalltags untergegangen?

Aber das leise Quietschen des Kinderwagens blieb bis heute im Ohr, schlaf mei lieves Goschele, ha-njaa-hanjanja, die letzten Töne, bevor ich zusammen mit dem Baby wegdöste. Die Geborgenheit der Kleinen übertrug sich auf mich, die Unsicherheiten des Tages, alle Probleme der Pubertät, der Schule, alle Rivalitäten mit den Geschwistern versiegten mit diesem Wiegenlied, das nicht mir gesungen wurde, aber doch mir galt.

Es galt uns allen – wir haben ein Dach über dem Kopf, und wenn Mama aufsteht, wird sie die Asche aus dem Ofen herausholen und ihn einschüren, und es wird knacken in den Wasserleitungen, dann werde ich davon aufwachen und es wird schon warm sein. Sie wird schon die Kuh gemolken haben und Brei gekocht und Kakao, und mit dem Knacken der Wasserleitungen und dem Duft des Kakao wird der Tag beginnen.

---

[20] Mein liebes Mädchen

Nie dachte ich daran, wie Mutter – meistens schwanger oder mit einem Kleinkind im Arm – das alles schaffte, nie daran, was Vater um diese Zeit wohl machte oder schon alles geschafft hatte. Und nie kamen mir als Kind Zweifel, nie fühlte ich mich unsicher.

MANJKA

Wenn ich ein Tier wäre, dann wäre ich gerne eine Kuh. Aber nicht irgendeine, sondern die Kuh meiner Kindheit, Manjka. Ich kann mich an keine Namensdiskussion erinnern, wahrscheinlich haben unsere Eltern ihren Namen ausgesucht, lange bevor wir Kinder reden, geschweige denn mitreden konnten. Mit Manjka sind wir alle aufgewachsen, eigentlich müsste es heißen, „dank Manjka sind wir aufgewachsen". Wenn wir unsere Kuh nicht gehabt hätten, sagt meine Mutter heute, hätten wir euch nicht durchgebracht.

Die Kuh hatte für unsere Familie eine Bedeutung, die an Ehrfurcht grenzte, fast wie in Indien. Das war nicht immer so, vermutlich prägte es sich bei meinen Eltern und in ihren Familien erst im Krieg so ein, während der Flucht und ihres weiten Fußmarschs bis Serbien. Eine Kuh war damals ihre Lebensversicherung. Wie sie um ihre Kuh zitterten, dass sie sich nicht verletzte, dass sie bei einem Bombenangriff nicht davonlief, wie sie ihr Gras und Wasser besorgten, sobald der Treck stehen blieb, auch wenn er nur kurz stockte. Und später, im Wald, war es die Ziege, die Geiß, die meine Oma in Saruba als Erstes anschaffte, für eine Kuh hatte es nicht gereicht. Meine Mutter sagt immer Wald, wenn sie mit ihren Geschwistern über ihre Kindheit bei Archangelsk spricht, auch heute noch: Wald. Wie ein Code-Wort. Nie Verbannung oder Sondersiedlung. Gelegentlich sagen sie vielleicht noch Sibirien, wenn sie mit anderen darüber sprechen. Aber untereinander sagen sie immer nur

Wald. Wald, und schon ist alles gesagt. Jeeremar[21], wie lang die Nächte im Wald waren! Oder: Weisch du noch, wie mir im Wald da Schnee vom Schuldach g´schippt hän? Und, das Wichtigste, immer wieder, wie ein Mantra: Oj, oj, oj, wenn mir im Wald unsre Gaas nit g´ habt hättn!

Und in unserer Generation heißt es: Wenn wir in Aktjubinsk keine Kuh gehabt hätten! Dabei gehörten zu unserer Hauswirtschaft ungefähr hundert Lebewesen, mal mehr, mal weniger, je nach Jahreszeit. Einhundert, das waren unsere Eltern, wir dreizehn Kinder und etwa fünfundachtzig Haus- und Nutztiere, eine Kuh, ein Hund und eine Katze, zwei Schweine, unzählige Hühner, Kaninchen und Tauben. Alles Lebewesen, die meine Eltern sozusagen auf der Payroll hatten, für deren sicheres Dach über dem Kopf und deren Mahlzeiten sie sorgen, deren größere und kleinere Häuflein sie wegräumen mussten. Jeden lieben Tag.

Manjka war über lange Jahre der unangefochtene Star in dieser großen Wirtschaft. Sie war eine sehr schöne Kuh, und wir Kinder vermuteten, dass sie sich dessen bewusst war, genauso wie auch ihrer Wichtigkeit in unserer Familie. Sie hatte kurzes rotbraunes Fell, ohne irgendwelche Flecken, und schöne Hörner, nicht zu kurz, nicht zu gebogen, sondern gerade richtig, wie richtige Kuhhörner eben sein müssen. Wenn wir abends am Kuhsammelpunkt auf Manjka warteten, verglichen wir sie mit anderen Kühen der Herde und überzeugten uns jedes Mal neu, dass sie dort die Schönste war.

Eigentlich war das Kuhabholen die Aufgabe unserer Brüder, aber wir gingen öfter mit, wir hatten damals noch keinen Fernseher. Schau, sagten wir, wie struwwelig diese hier ist, und die andere dort, zu dürr, die dritte – so dreckig, also so was!, sogar

---

[21] Jeeremar: keine Ahnung, was das bedeutet. Vielleicht „Jesus und Maria"?

am Euter hängen Mistreste! Manjkas Fell dagegen war dicht und glänzend, jedes Haar genau gleich kurz, wie bei einem akkurat geknüpften Teppich, und sie hatte kunstvolle Haarwirbel, nach denen die Wuchsrichtung so natürlich und trotzdem schick wechselte, wie vom Friseur modelliert.

Und wir wunderten uns, wie gescheit Manjka war! Wir waren uns sicher, dass sie nicht nur unsere Eltern, sozusagen ihre amtlichen Besitzer, bestens kannte – den Vater, der jeden Tag den Stall ausmistete und ihr Wasser gab und Salz und Futter im Winter, und die Mutter, die sie zweimal oder im Frühjahr sogar dreimal am Tag melkte – nein, sie kannte auch uns Kinder. Wenn wir sie vom Weidetreff holten, kam sie genau auf uns zu, auf die Kinder ihrer Familie, auch wenn dort noch viel mehr Kinder auf ihre Kühe warteten. Die Stelle war etwa dreihundert Meter von unserem Haus entfernt, am Rande unserer Siedlung. Nicht alle Haushalte hatten eine Kuh, vielleicht nur ein Viertel oder ein Drittel. Diese Kuhbesitzer beschäftigten einen Kuhhirten, der die dreißig bis vierzig Kühe im Sommer jeden Morgen übernahm und in die Steppe hinaustrieb, damit sie dort weiden konnten, und abends am selben Treffpunkt wieder ablieferte.

Manjka kannte den Weg nach Hause, wir mussten sie nicht am Strick ziehen, auch nicht mit einem Stöckchen von hinten antreiben. Sie ging würdevoll, wie eine Primadonna, ohne sich nach uns oder nach anderen Menschen, Nachbarn oder Passanten, umzusehen, und wedelte stolz mit ihrem Hintern, so dass das volle Euter hin und her mitschwang. Wenn wir dabei waren, mussten wir nicht besonders aufpassen, sie ging den Feldweg, dann unsere lange Straße entlang und bog geradewegs zu unserem Tor ab. Aber wehe, wenn wir einmal vergessen hatten, sie abzuholen (was gelegentlich passierte, wenn wir uns verspielten), dann nutzte Manjka das sofort aus und ging in der Siedlung spazieren. Dann gab es Stress. Jeeeremar, rief unsere Mutter, d' Kuh isch noch nit do, und schickte jemanden von den Kleinen, die Großen zu suchen, und vertagte mit einem

Machtwort die Diskussionen und die Klärung, wer denn eigentlich beim Abholen an der Reihe war und wer mit wem wann getauscht hatte, auf später. Sie schickte uns alle los.

Und wir merkten an ihrer Unruhe und wussten das später auch selbst, dass die Kuh sofort hermusste, solange es noch hell war. Wir schwirrten in alle Straßen der Siedlung und suchten und fanden sie meistens auch bald, an irgendeinem fremden Zaun liegend, matt und satt gefressen und sattgesehen und gar nicht überrascht, sie hob nicht einmal ihren Kopf. Manjka!, schimpften wir sie streng, aber erleichtert, worauf sie uns mit ihren schönen braunen Augen treuherzig anblickte, was wollt ihr von mir, gelangweilt aufstand und sich ohne Widerstände, ja seelenruhig, heimtreiben ließ.

Wehe aber, wenn Manjka an so einem Tag Lust auf größere Abenteuer hatte und einen ganz anderen Weg einschlug und wir sie in den Gassen um unser Haus herum nicht auffinden konnten! Spätestens wenn der Vater von der Arbeit heimkam und sie immer noch nicht gefunden war, begann die höchste Alarmstufe. Er ging, ohne etwas zu essen, auf Kuhsuche, was seinen Ärger natürlich noch steigerte. Wenn es dann schon dunkel war – unsere Siedlung war nämlich nur spärlich beleuchtet, meist nur vom Licht aus den Fenstern – , waren nur wir großen Kinder dabei. Wenn wir sie dann endlich gefunden hatten, war Manjka geradezu beleidigt, dass es so lange gedauert hatte. Sie antwortete auf die Manjka-Rufe mit einem gekränkten Muuuh, ich bin so müde, wo wart ihr denn die ganze Zeit?, und ging eines schweren Ganges heim, mühsam ihr prallvolles Euter schleppend, und aus ihren vollen Zitzen spritzten bei jedem Schritt Milchstrahlen auf den Boden. Na Gott sei Dank!, rief unsere Mutter am Tor.

Diese Panik, wenn die Kuh einmal nicht da war! Fast so, als ob jemand von uns Kindern bei Einbruch der Dunkelheit fehlte. Manjka war definitiv ein Mittelpunkt unseres Familienlebens.

Eine Kuh bedeutete sehr viel Arbeit, nur wenige Familien in unserem Bekanntenkreis oder in der Nachbarschaft hatten eine Kuh. Ich lernte schon mit zehn Jahren, Manjka zu melken. Als Erstes, brachte mir meine Mutter bei, musst du ihren Schwanz festbinden, so: mit einem Strick an ihr Bein, damit sie ihn dir nicht ins Gesicht fegen kann, wenn sie die Fliegen verjagt. Ich stellte einen Schemel unter Manjkas Bauch, setzte mich darauf, wischte das Euter mit einem feuchten Lappen ab, umklammerte mit dem Daumen und Zeigefinger eine Zitze und drückte die restlichen Finger meiner Hand nacheinander zur Faust, so dass die Milch dadurch aus der Zitze gedrückt wurde.

Nicht ziehen!, sagte meine Mutter, das tut der Kuh weh, nur die Milch ausdrücken. Dann wiederholte ich das Ganze mit der linken Hand an einer anderen Zitze. Ist gut, Manjka, wsö choroscho, sprach meine Mutter leise und ruhig, und ich melkte, bis das Euter weich war und leer und der Eimer voller duftender kuhwarmer Milch. Dann gab es Brei und Kakao. Jeden Morgen gab es bei uns Grießbrei oder Milchreis, und gelegentlich auch eine besondere Köstlichkeit, Kukurusnyje chlopja, russische Corn Flakes, wenn wir in unserem Laden welche ergattern konnten.

Eine Kuh war, wie wir bald erkannten, ein besonderes Privileg. Ein selbst erarbeitetes Privileg. Eines Abends hatte unsere Manjka auf dem Heimweg nicht nur meine Geschwister im Schlepptau, sondern auch eine unbekannte junge Frau. Sie war mit ihrer Familie erst vor wenigen Tagen in unsere Nachbarschaft gezogen, hatte einen kleinen Sohn und suchte jemanden, der Milch verkaufte. Normalerweise verkauften wir keine Milch, wir waren so viele, dass sie gerade für unsere Familie ausreichte. Man muss dazu sagen, dass die Kühe damals, zumindest in der Sowjetunion, keine hochgezüchteten Hochleistungskühe waren. An den ertragreichsten Tagen, nach dem Kalben und in der Frühjahrszeit, wenn das Steppengras saftig war, hatten wir etwa zwanzig Liter Milch. Die junge Frau wollte aber nur ganz wenig, nur einen halben Liter, und das auch nicht für lange, nur über den Sommer, und so sagten meine Eltern zu. Nun kam Galina jeden Abend mit dem Kinderwagen und holte die Milch, manchmal wurde sie von ihrer Mutter begleitet, manchmal kam ihre Mutter alleine. Sie waren so nett und so dankbar. Galina und ihre Mutter waren auffallend hellhäutig und ziemlich mollig, so hellhäutige mollige Menschen hatte ich vorher noch nie gesehen, besonders erinnere ich mich an ihre Arme, angewinkelt sahen sie aus wie ein hellrosa Paradekissen meiner Oma, in das man mit der Handkante einen Knick schlug, damit es sich aufplusterte.

Wie sich herausstellte, war Galina die Schwester des Kosmonauten Viktor Iwanowitsch Pazajew und die ältere Frau ihre gemeinsame Mutter, sie zogen aus einer Kolchose in der Nähe von Aktjubinsk in die Stadt und wohnten nun vorübergehend in unserer Straße. Wir erfuhren es allerdings erst, als eines Tages ein Krankenwagen mit Blaulicht vor ihrem Haus stand. Beide Frauen waren in Ohnmacht gefallen, als sie die Nachricht vom Tod der Kosmonauten gehört hatten. Viktor Pazajew und seine beiden Kollegen waren an Bord der verunglückten Sojus-11-Rakete, sie erstickten bei der Landung, nach dreiundzwanzig Tagen im All.

Das war Ende Juni 1971, ich war also knapp neun. Das Blaulicht zog alle Nachbarn an, keiner von uns hatte Pazajew je gesehen, trotzdem standen wir betreten im Kreis und hörten das schreckliche zweistimmige Wehklagen, das aus dem Haus kam. Ziemlich bald danach zog die Familie in eine Wohnung in einem Plattenbau im Mikrorayon, „blagoustrojennaja kwartira" hieß so etwas, in eine komfortable, also mit Zentralheizung, Frisch- und Abwasserleitungen, WC und Badewanne ausgestattete Wohnung. Bei uns Kindern hinterließ dieser Vorfall einen bleibenden Eindruck. Verwandte eines Kosmonauten in unserer Straße, und nicht im Swjosdnyj Gorodok, dem Sternenstädtchen in der Nähe von Moskau, wo alle Kosmonauten wohnten.

Und die beiden waren so bescheiden! Wir spekulierten, ob sie als Nur-Angehörige keinen Anspruch auf eine besondere Behandlung hatten oder diese einfach nicht wünschten, weil sie wie alle Sowjetbürger sein wollten. Am meisten beeindruckte uns aber die Tatsache, dass wir etwas hatten, was sich nicht einmal die Mutter eines Kosmonauten leisten konnte, es sei denn, sie hätte es ihrem kleinen Enkel weggetrunken.

Wir hatten die Milch natürlich nicht immer in Hülle und Fülle, denn gegen Winter ließ die Milchleistung nach und im Februar kam gar nichts mehr und dann mussten auch wir uns in den frühen Morgenstunden in der Kälte in die Warteschlange vor dem Laden einreihen und bekamen, wenn überhaupt, auch nur mit Wasser verdünnte, fast durchsichtige Milch. Für uns Ältere war das nicht so schlimm, meistens hatten wir um diese Jahreszeit genug Fleisch und selbstgemachte Wurst vom Schweineschlachten. Kritisch wurde es in den Jahren, als unsere jüngsten Geschwister auf die Welt kamen, sie sind alle drei in den Herbstmonaten geboren. Nur kranke Säuglinge und schwerstkranke Menschen hatten Anspruch auf Milch aus der Milchküche, und das auch nur auf Arztrezept. Die Milchküche war im Stadtzentrum, weit weg, und die Winter so bitterkalt, wir mussten bis zur Bushaltestelle laufen, dort ewig stehen und dann im Gedränge fahren und erhielten so wenig Milch, dass es wirklich nur für einen Säugling reichte.

Manjka gab erst wieder Milch, nachdem sie gekalbt hatte, meistens im März. Das war immer ein sehr aufregendes Ereignis. Wir durften nicht im Stall dabei sein und ich weiß nicht, woher unsere Mutter wusste, dass es soweit war, und wie sie es schaffte, ohne Veterinärausbildung und ohne irgendwelche Instrumente die Kuh und das neugeborene Kälbchen zu versorgen. Sobald das Kälbchen da war, wickelte es unsere Mutter in eine alte Decke und trug es ins Haus, in die warme Küche. Wir umringten es sofort, es war noch spannender als ein neues Geschwisterchen. Das, so wussten wir, würde länger bleiben, das Kälbchen aber nur bis zum Abend, bis der Vater heimkam und im Stall eine kleine Abtrennung dafür schaffte, aber auch nur für wenige Tage, bis das Kälbchen verkauft wurde. Wir streichelten sein feuchtes Fell, das hatte es auf jeden Fall nicht von Manjka, so zerzaust und verdrückt, wie es aussah, halfen ihm beim Aufrichten auf die langen dürren Beinchen und wunderten uns, wie unsere Mutter Manjkas Milch in eine Schüssel eingoss und die Faust darin versenkte und ihren Daumen rausschauen ließ, so dass das Kälbchen ihn für die Zitze hielt und daran zog. Wir schauten fasziniert zu, wie es schlürfte und trank. Uns Großen schmeckte diese erste Milch nicht, sie war fett und roch so intensiv nach Stall, wir warteten lieber, bis Manjka im Frühjahr wieder in die Steppe hinausdurfte und frisches Gras bekam.

Unsere Erinnerungen an diese jährlichen freudigen Ereignisse werden überschattet von Manjkas tragischem Unglück, es ist wie ein Trauma, bis heute. Es war im Frühjahr 1979, ein schöner Tag, wahrscheinlich in den Frühjahrsferien Ende März, wir Kinder waren alle daheim. Mein Vater hat Manjka – ihr Kälbchen war schon fort – noch vor der Arbeit aus dem Stall geholt und im Garten am Staketenzaun angebunden. Sie freute sich über den Frühling, endlich aus dem engen Stall rauskommen!, und kaute Heu und Kombikorm, so hieß das Winterfutter.

Am Nachmittag fing sie plötzlich an laut zu muhen und wurde zusehends runder, ihr Bauch war bald so rund, als hätte sie drei oder vier Kälbchen darin. Mutter lief auf die Straße und flehte den ersten Nachbarn, der zufällig vorbeiging, um Hilfe an, ein Telefon hatten wir nicht, um einen Tierarzt anzufordern. Tolja vermutete, dass Manjka einen Nagel verschluckt hatte, der sich nun zwischen der Speise- und der Luftröhre querstellte, so dass die Luft nicht mehr entweichen konnte, oder vielleicht auch einfach zu viel Trockenfutter gefressen hatte, ohne Wasser, so dass es in ihrem Magen zu quellen begonnen hatte und sich ausdehnte, bei jedem Atemzug mehr und mehr.

Manjka hatte schon keine Kraft mehr zu muhen. Wir mussten alle ins Haus und klebten schockiert an den Fenstern, wir weinten, und unsere Mutter, die sonst jede Katastrophe im Griff hatte, war genauso entsetzt und ratlos, musste aber innerhalb von Minuten entscheiden, aber eigentlich gab es nichts zu entscheiden: Manjka musste geschlachtet werden, auf der Stelle. Der zufällig vorbeigegangene Nachbar Tolja nahm unser Küchenmesser und setzte es an die Falten unter Manjkas Hals, wir konnten es nicht glauben, wir schrien und umarmten uns und schauderten und schauten trotzdem zu. Grauenvoll, wir schauten unserer liebsten Manjka beim Sterben zu!

Hier setzt meine Erinnerung an diesen Tag aus. Ich weiß nicht mehr, wann der Vater heimkam, wie er Hilfe organisierte, wer mithalf, ob wir zugeschaut haben, ob ich die ganze Zeit im Bett geweint habe oder davonlief. Ich weiß nur, dass keiner von uns Manjkas Fleisch essen wollte, auch nicht die Erwachsenen. Wir mussten es verkaufen, und das möglichst bald, denn wir konnten es nicht kühlen, keiner in unserer Verwandtschaft hatte so einen großen Kühlschrank, und wir brauchten das Geld dringend für eine neue Kuh, noch in derselben Woche brauchten wir es.

So kam es, dass Vater und ich auf dem großen Stadtmarkt Manjkas Fleisch verkauften. Wie gern hätte ich mich davor gedrückt, aber ich wusste, dass ich musste als Älteste. Die Schlange vor unserem Stand wuchs im Minutentakt, kaum dass wir das Fleisch aus den Kisten packten. Halb in Trance hörten wir zu, was die Käufer uns zuriefen. Bitte ein Kilo Suppenknochen und ein schönes Bratenstück, so ungefähr zwei Kilo schwer. Von unserer liebsten Manjka. Schrecklich. Ich wusste nicht, wie ich das alles schaffen sollte, und schaute zu Vater, auch er machte das zum ersten Mal im Leben. Irgendwie fingen wir an, suchten das passende Stück heraus und wogen es, kassierten ab. Die Käufer wurden ungeduldig, das Gedränge lauter, die Fleischberge drehten sich vor meinen Augen, rot und glitschig. Plötzlich drängelten sich zwei junge Frauen in bunten Röcken und goldgewebten Tüchern an die Theke und mischten die Warteschlange auf, sie redeten den Leuten in die Bestellungen rein, unterbrachen sie oder schrien einander an, und so schaffte es eine von beiden fast, mich übers Ohr zu hauen. Sie behauptete felsenfest, dass sie mir bereits einen 25-Rubel-Schein gegeben hätte, und von mir noch Wechselgeld bekommen müsste, 20 Rubel. Ihre Goldzähne blitzten. Ich war so durcheinander, ich wusste nicht mehr, ob ich schon kassiert hatte oder nicht, und hätte ihr die verlangten 20 Rubel rausgegeben, wenn Vater nicht aufgepasst hätte. Er riss ihr die Tüte mit dem Fleisch aus der Hand und zischte sie an, dass sie verschwinden solle, offensichtlich so deutlich, dass beide sofort das Weite suchten. Ich war so erschöpft, traurig und erschöpft, wir waren seit Tagen im Ausnahmezustand, die ganze Familie, und das hier war der Gipfel.

Ein Kilo Innereien bitte, Herz und Leber. Die Reste von unserer stolzen Manjka, ihr letzter Dienst für uns. Da, wsö choroscho! Spassibo, do sswidanja![22]

Eine neue Kuh kam schon wenige Tage später in unseren Hof, Maika, noch ziemlich jung, und wieder hatte der Vater eine ausgesprochene Schönheit ausgesucht, diesmal mit hellbraunem Fell, wie Milchkaffee. Sie wuchs mir aber nicht mehr ans Herz. Ich musste sie auch nicht vom Sammelpunkt holen und auch nicht mehr abends suchen, wenn sie verloren ging. Das übernahmen meine jüngeren Geschwister. Ich hatte nur noch eine kuhbezogene Aufgabe behalten: Maika zu melken, wenn meine Mutter nicht daheim war. Meine Schwestern hatten es aus unerklärlichen Gründen nicht gelernt und so war ich die Einzige, die unsere Mutter in dieser Angelegenheit vertreten konnte. Dieser Job blieb mir bis zuletzt, bis wir nach Deutschland ausreisten.

---

[22] Ja, das ist alles. Dankeschön! Auf Wiedersehen!

Das ist die Geschichte unserer Manjka. Auf die Idee, eine Kuh sein zu wollen, bin ich nicht als Erste gekommen. Wir bekamen von unserem Onkel aus Deutschland viele Fotos, und eines Tages – lange vor Manjkas Unfall – auch eine Postkarte, von einem Ausflug in die Alpen. Darauf waren schneebedeckte Gipfel im weiß-blauen Himmel zu sehen, ein Dorf im Tal, mit glänzenden roten Dächern und im Vordergrund eine saftige Wiese und einige Kühe mit zufrieden-verträumtem Blick. Wir schauten die Karte tagelang an und bedauerten unsere arme Manjka, die kilometerweit durch die heiße Steppe laufen musste, um ihr Euter voll zu bekommen. Welche Ungerechtigkeit, diese Kühe mussten nur das Maul aufmachen und schon wuchs ihnen das schönste Gras hinein!, wir analysierten jedes Wiesenblümchen und träumten uns mitten in die Idylle. Dann seufzte einer meiner Brüder: Wie gerne wär ich in Deutschland. Sogar als Kuh!

ERBSTÜCKE

Ich habe nichts Geerbtes. Und will auch nichts erben, denn vor dem Erben kommt das Sterben. Lieber nicht.

Meine Eltern hätten auch nicht viel Altes zu vererben. Genau genommen gibt es in meiner Familie nur drei Stücke, die älter sind als ich:

Erstens die schöne Kuchenschaufel. Die hatte meine Großmutter aus dem Warthegau nach Sibirien mitgebracht. Auf der Flucht in den Westen hatten sie alles verloren, alles. Es war im Februar 1945 bei einem Brand in einem leer stehenden Gasthaus, wo sie zufällig übernachteten. Aber das ist eine andere Geschichte. Das war der Nullpunkt, der vorläufige Nullpunkt. Und als es danach weiterging, irgendwie wieder weiterging, fanden sie in einem verlassenen Laden noch viele schöne Dinge, zum Beispiel Knöpfe. Herrliche Knöpfe: große und kleine, weiße und schwarze, rote, grüne, bunte, ovale und runde. Wie schön war es, mit ihnen zu spielen, erzählt meine Mutter, stundenlang konnten sie sie zählen, fühlen, sortieren, vergleichen. Etliche haben sie auch mitgenommen, als es weiterging, nach Sibirien. Dort hat sie meine Oma gegen Brot eingetauscht, alle. Sogar Knöpfe waren in Sibirien zu der Zeit Mangelware.

Irgendwo im Chaos im Warthegau hatten sie auch zwei Besteckstücke gefunden und mitgenommen, vermutlich weil sie aus Silber waren und nicht viel Platz einnahmen: die besagte Kuchenschaufel und einen Schöpflöffel: unser zweites altes Stück. War es das einzig wertvolle, was sie fanden? Zusammen vielleicht 120 Gramm Silber. Edelmetall, das ist schon mal was. Oder hat ihnen die besondere Form gefallen? Die Suppenkelle klassisch-edel, mit Patina, die Schaufel auch, vorne nicht spitz zulaufend, wie bei einem Tortenheber, sondern rechteckig, und die Außenkanten nach innen abgerundet, sehr elegant. Und das eingeritzte Muster erst! Richtig schön. Eine Kuchenschaufel von feinen Leuten.

Beides nun im ausgehungerten Sibirien. Schon die Namen klingen absurd. Eine Kuchen-Schaufel, zum Kuchen reinschaufeln, Riwelkuche, Apfelkuche, Quetschenkuche[23] – schaufeln und schaufeln, bis nichts mehr reingeht. Oder ein Suppen-Schöpfer zum Suppe schöpfen, dampfende Suppe aus einem dampfenden Kessel. Ein Schöpfer, zwei, drei, und es wird nicht weniger. Nur nicht an das Wort Suppe denken! Absurd auch die Idee, beides einzutauschen. Keiner brauchte das Silberzeug, auch die alteingesessenen Sibirjaki nicht. Es konnte auch nirgends eingeschmolzen werden, es gab weit und breit keine Juweliere, eigentlich gab es nicht einmal Ortschaften, nur Wald.

Aus dem Vollen konnten sie alle nur Wasser schöpfen, mit einem großen russischen Tscherpak[24] aus einem alten Eimer. Im Frühjahr, wenn der Schnee schmolz und das Wasser in ungeheuren Massen sich den Weg bahnte, zum Weißen Meer; klares, sauberes Wasser von unberührtem Schnee, winterlang aus dem ungeheuren Universum geweht. Meterhoch lag er auf dem Dach der windigen Schule, in der meine Oma als Putzfrau arbeitete. Jeden Morgen muss sie dort rauf und schaufeln. Schaufeln, schaufeln, sonst bricht das Schuldach ein. Mit einer richti-

---

[23] Zwetschgenkuchen
[24] Wasserschöpfer

gen, riesigen Lopata[25]. Sie betet und bittet, dass es doch endlich nicht mehr schneit, dass ihre Beine nicht einknicken, dass die Blasen an ihren Händen nicht eitern, dass der liebe Gott sie alle zu sich holen soll. Damit es endlich ein Ende nehme, alles.

Schöpfte sie aus diesem Beten eine kleine Kelle Mut zum Weitermachen?

Wenn ich irgendwann mal was erben sollte, dann wünsche ich mir die schöne Kuchenschaufel. Ich würde sie meinen Kindern weitergeben, zusammen mit dieser Geschichte. Und ich würde mir wünschen, dass sie weiterhin unbekümmert und verschwenderisch aus dem Vollen des Lebens schöpfen, aber dankbar sind. Dass sie ihren Urgroßeltern dafür danken, dass sie ihre Familien durchbrachten, und aus ihrem Beispiel Kraft schöpfen, wenn sie das Glück – Gott bewahre – doch verlassen sollte.

Der dritte alte Gegenstand in meiner Familie ist übrigens eine große Gusspfanne ohne Griff. Aus einem ganz normalen Stahl, von meinem Opa selbst gegossen, in einer Gießerei, irgendwann mal nach der Hochzeit meiner Eltern. Zwanzig Jahre später nahm meine Mutter sie mit nach Deutschland. „Und des isch immer noch die bescht Pfann zum Grummbeera brate."

---

[25] Schneeschaufel

VERSCHÄMTE LEKTÜREN

Liebe Birgit Sätzeschätzerin,

Du staunst, weil ich Dich so nenne? Seit Jahren folge ich schon Deinem wunderbaren Bücherblog „Sätze und Schätze" und Deinen Leseempfehlungen. Und weil Deine Urteile so treffend sind, habe ich begonnen, Dich so zu nennen: Sätzeschätzerin. Für mich so zu nennen, denn ich habe Dich noch nie persönlich getroffen. Und doch kenne ich Dich gut, denn beim Reden über Bücher offenbart man sich auch als Mensch, nicht nur als Leser.

Ich bin lieber eine stille Genießerin deines Blogs und klicke höchstens mal den „Gefällt mir"-Button. Da, wo ich aufgewachsen bin, musst Du wissen, hat man den Kopf nicht unnötig aus der Masse herausgestreckt, weil er vielleicht sofort weg gewesen wäre.

Vor ein paar Jahren allerdings juckte es mich plötzlich in den Fingern: Ich hatte Deinen neuen Eintrag gelesen, über dessen Thema – „Warum ich lese" – ich schon so oft nachgedacht hatte, auch schriftlich, dass ich mich einfach nicht zurückhalten konnte. So klickte ich auf „kommentieren" und schrieb: Wie ich als Kind die Regale der Schulbücherei leer las, wie schwierig Bücher in der sowjetischen Mangelwirtschaft zu beschaffen waren, und wie ich erst den Pionier-Schund und dann die Groschenhefte auf Deutsch verschlang, die mein Onkel aus Deutschland schickte. Hauptsache Bücher, mit Wörtern drin.

Du antwortetest noch am selben Tag. Du kannst Dich sicher nicht mehr daran erinnern, aber ich weiß noch, wie ich mich beim Lesen Deiner Antwort fühlte: Als schaute die ganze Welt auf mich. Am liebsten hätte ich meinen Kopf wieder zurückgezogen, wie eine alte Schildkröte, unter das sichere Dach der Anonymität. Aber da war mein Kommentar schon „in der Welt".

Du schriebst, dass Du über meine Antwort lange nachdenken musstest, dass es oft unterschätzt wird, welche Freiheit man hat, wenn man jedes Buch, das einem in den Sinn komme, lesen kann. Du fandest auch mein Bekenntnis zu den Groschenromanen klasse und meintest, es würde gut zu Deiner Reihe der „Verschämten Lektüren" passen. Ich habe Deine versteckte Aufforderung verstanden. Ich kannte die Reihe natürlich. Dort berichten Deine Bloggerfreunde reumütig, welche Bücher sie früher gern gelesen, gar verschlungen hatten, obwohl sie sie nicht gerade im literarischen Quartett empfehlen würden. Manche bekannten, dass sie den Schund noch besitzen, versteckt in den hintersten Ecken des Buchregals, weil sie sich von ihnen immer noch nicht trennen wollten. Ich wollte Dir wirklich einen verschämten Beitrag liefern. Aber erst mal wollte ich alle Beiträge lesen und schauen, wofür sich die anderen so schämen. Du weißt schon, den Kopf lieber nicht ...

Sehr interessante Bücher habe ich da entdeckt, die im Nachhinein als Schmöker, Schmonzetten und Schund bezeichnet wurden, oder solche, die von Sex and Drugs and Rock'n'Roll handelten und herrlich rote Wangen verursachten. Und es stimmte, das Lesen von Groschenromanen hatte noch keiner gebeichtet.

Viele Titel kannte ich gar nicht, aber die „Angélique", die kannte ich natürlich, die geheimnisvolle Angélique, wie konnte man sich dafür schämen, sie gelesen zu haben! In meiner Jugend hätte ich zu den angesagtesten Mädchen gehört, wenn ich in den Gesprächen über dieses Buch hätte mitreden können. In meinem ganzen Bekanntenkreis gab es niemanden, der die Angélique hatte! Ja, welche Freiheit man hat, wenn man jedes Buch, das einem in den Sinn komme, lesen kann.

Letztendlich habe ich mir doch noch ein Romanheft von damals besorgt und es nochmals gelesen, einfach um nachzuspüren, was mich – als Sechszehnjährige in der UdSSR – begeistert haben könnte. Wenn schon schämen, dann gründlich vorbereitet.

„Ich schenk' dir das Schloß deiner Sehnsucht"
von Hella Lichtenau, ein Stella-Roman von Bastei, 1978

Ein dünnes Heft, aber schon das Coverbild wäre der Hammer, mit einem modern gekleideten Brautpaar vor eingespannten Kutschpferden und einem alten Schloss im Hintergrund. Schlösser und Burgen kamen in meinem früheren Leben nur in Märchen vor. Die Stadt, in der wir lebten, war erst 100 Jahre alt. Ihre schönsten Gebäude – Kulturclubs der Eisenbahner und Metallurgen – wurden um 1950 gebaut, von deutschen Kriegsgefangenen.

Dann die Farbe der Pferde: weiß! Ich hatte weiße Pferde als Kind nie gesehen, höchstens in Filmen über die vorsowjetische Zeit. Wir waren in der kasachischen Neuland-Steppe fortschrittlich und hatten Traktoren. Die Hammerspitze wäre aber der Titel, mit zwei Zauberwörtern: „Schloss" und „schenk' dir" – und das in einem Satz. Dazu das Wort Sehnsucht, nicht irgendeine, sondern *deine* Sehnsucht.

Wie sehnten wir uns danach, so ein Schloss wenigstens einmal zu sehen, und da gab es jemanden, dem wurde es geschenkt. Unser Geschenk war wenigstens das lesende Eintauchen in diese Welt. Sie handelten von heute, von Mädchen in unserem Alter, nur in einer ganz anderen Welt. In einer Welt, wo man zum Vater Paps sagte und zum Schulabschluss ein Auto geschenkt bekam, oder eine Reise nach Rom oder Paris, eine Yacht, ein Schloss! In der reiche Reeder vorkamen (für die es in unseren Wörterbüchern keine Übersetzung gab, nur aus dem Zusammenhang konnten wir uns das Wort Reeder herleiten), Tuchfabrikanten, Portale, Wappen und Patina, alt aber edel.

Die Handlungen waren einfach und trotzdem spannend, die Sprache klar und verständlich und – auf Deutsch. Dass weiße Pferde Schimmel heißen, habe ich aus solchen Romanen gelernt, auch das Wort „Scheuklappen" und wozu sie gut sind, überhaupt das Wort „scheu" und seine Bedeutungen. Schüchtern kannten wir ja aus dem Deutschunterricht, aber verschüchtert, gehemmt, verklemmt, verkrampft, verlegen, verschämt?

In unserem fast mittelalterlichen russlanddeutschen Dialekt gibt es übrigens für „schüchtern" nur das Wort „bleed". Doch wie blöd wären wir geblieben, wenn unsere Verwandten uns diese Heftromane nicht geschickt hätten, oder wenn sie von der Briefzensur herausgefischt worden wären! Dabei hatte für die Zensur schon die Verwandtschaft in Deutschland gesorgt.

Nicht nur wir Schwestern haben diese Hefte gelesen, auch unsere Mutter, alle Tanten und Freundinnen, sogar die Großmutter, die sonst nur in ihrem alten, durch alle Deportationen und Lebenswidrigkeiten geretteten Katechismus las. Generationenverbindende Neugier auf die verbotene Welt.

Die Bilder dazu lieferten die dicken Quelle-Kataloge, die uns der Onkel ab und zu schickte. Wir schauten sie sehr gründlich an, jedes einzelne Bild auf jedem einzelnen Blatt. Erst ging es um die Details der schönen Kleider am Kataloganfang, dort eine schicke Kragenform, hier ein Tellerrock – wir nähten sie nach, die angesagte ausländische Mode! Dann bewunderten wir die leuchtenden Stoffe, die wir nie bekommen könnten, und zuletzt scannten wir die Umgebung, mal sah man die Ecke eines Sofas, so sieht es also in den ausländischen Wohnzimmern aus!, mal ein Fahrrad, mal ein ... ach, alles, wirklich alles war relevant.

Wichtig war allerdings, den Katalog noch vor der Großmutter zu sichten. Sie hatte ihre eigene Zensurmethode, mit der Schere. Alles „Nackiche" schnitt sie rigoros heraus: alle Seiten mit Mädchen in zu kurzen Röcken und zu tief ausgeschnittenen Kleidern, alle Seiten mit Menschen in Badesachen und die Seiten mit Unterwäsche sowieso. Sogar die Seiten mit Bettzeug, es reichte, wenn darauf ein Mann und eine Frau sich mit einer flauschigen Decke zudeckten und einander anlächelten. Die Seiten im hinteren Teil des Katalogs sahen nach Omas Zensur wie zerfledderte Vogelfedern aus.

Von wegen Sex and Drugs and Rock'n'Roll! So etwas gab es auch, auf Russisch, handgeschriebene oder im Samisdat verlegte Erotikgeschichten, nur wenige abgegriffene Blätter, sie gingen von Hand zur Hand, von Schultasche zu Schultasche. Auch sie keine hohe Literatur, aber wir waren eh nicht verwöhnt, in der sowjetischen Literatur reichte es, Marx und Lenin zu erwähnen, schon war sie gut.

Nein, ich schäme mich nicht, für kein einziges Wort, das ich in meinem Leben gelesen habe. Ich wäre ja blöd!

DE PELZENICKEL

Dicke Schneeflocken plumpsten vom Himmel, überraschend lautlos für ihr Gewicht. Weiß war die Welt, nur das Grau des Asphalts störte ihren Frieden. Die Baumäste waren vom Schnee dick behangen. Die Baumstämme waren auch weiß, noch vom Kalkanstrich des letzten Frühlings, und so schwebten die Bäume wie Pilzköpfe über dem verschneiten Boden.

Den nächsten Baumanstrich würden wir nicht mehr in Kasachstan erleben, das hofften wir. Wir wagten nicht, laut daran zu denken, aber wir spürten es schon, jeden Tag mehr. Vor allem an diesem Weihnachten, das tatsächlich das letzte in Kasachstan wurde. Spürten das auch unsere Verwandten? In den letzten Jahren feierte man schon getrennt, unser Haus war zu klein geworden, aber diesmal kamen wieder alle Geschwister meiner Mutter mit ihren Familien zu uns.

Die große Verwandtschaft. Seit Wochen freuten wir uns schon auf das Christkindl und mit den vielen Cousins und Cousinen war es noch viel schöner. Der Weihnachtsbaum leuchtete grüner, die Wärme im Haus war wärmer, die Freude auf das Christlind freudiger. Es dämmerte schon. Meine Schwester setzte sich ans Klavier. Ihr Kinderlein kommet ...

Vater ging wie immer unauffällig raus und klopfte mit der Rute an die Fenster. Horch, das Chrischtkindl!, riefen die Erwachsenen. Wie immer. Maria und ich verschwanden in der Küche. Hier roch es noch ganz scharf nach Ammoniak, vom Lebkiechla-Backen. Harschesalz, wie unsere Großmütter sagten, Hirschhornsalz. Damit an Weihnachten noch Lebkiechla übrig blieben, backten wir sie erst einen Tag vorher und so war der Ammoniakgestank noch nicht verflogen.

Wir schlossen die Küchentür. Diesmal war meine Freundin das Christkind und ich durfte – zum ersten Mal in meinem Leben – meinen Tanten helfen, sie zu schmücken: In das weiße Kleid hinein helfen, den Hut in einen weißen Kissenbezug wickeln und ihr auf den Kopf setzen, ihre dunklen Haare darunter feststecken, damit sie ja keiner erkennt, einen langen Schleier drüber hängen. Keiner würde merken, dass es früher eine Gardine war, bei dem dämmrigen Licht im Wohnzimmer, bei der Aufregung am Tannenbaum.

So war es auch. Keiner hatte Maria erkannt, als sie in das Wohnzimmer trat und das Glöckchen läutete. Keiner, obwohl sie ja täglich bei uns war, meine beste Freundin. Warum auch? Sie musste ja nichts sagen, das übernimmt bei uns immer eine der Tanten, das Sprachrohr für das Christkind. Das ist auch heute noch so – nach über dreißig Jahren –, die Tante bin jetzt meistens ich. Starr vor Ehrfurcht trugen die Kleinen ihre Gedichte vor und wie immer kasperten die Größeren herum und wie immer sagten ihre Eltern: „Na wart, gleich kommt der Pelzenickel, der nemt alle schlechte Kinner fort!"

Wie mein Cousin Jascha umgekleidet wurde, habe ich gar nicht mitgekriegt, das haben die Männer übernommen. Draußen, in der kalten Veranda, die vollgelegt war mit Bratwürsten und Leberwürsten und Fleischstücken noch vom letzten Schweineschlachten und herrlich nach Knoblauch und Fett roch, hörte man sie laut lachen und Sch-sch-sch rufen. Im Pelz und mit dem Strumpf auf dem Gesicht und der Pelzschapka auf dem Kopf hat Jascha bestimmt nicht gefroren, während das Christkind noch drinnen war.

Aber dann! Wie er mit der Kette rasselte, kaum, dass Maria, das Christkind, rückwärts rausging, wie er hereinstürzte, als sie noch mitten im „Sti-i-lle Nacht, hei-lige Nacht" waren. Wie er immer wieder von den Vieren hochsprang, die Jungs an den Füßen packte und mitschleppen wollte! Dieses Gekreische! Die Kleinen muss man in solchen Fällen, wenn der Pelzenickel seine Aufgabe gleich so übertreibt, wegnehmen, so sind die Mütter mit den Jüngsten lieber in die Schlafstube geflüchtet. Die Lautesten ließ Jascha erst an der Wohnzimmertüre los, brüllte von neuem und stürzte sich gleich auf den nächsten Frechen oder riss ihnen die Geschenke weg. Uiiii…!

Als alles vorüber war, machten wir noch ein Familienfoto. Unser letztes gemeinsames Foto in Kasachstan. Aßen mit dem Besuch noch ein paar Äpfel und Walnüsse – eine Delikatesse, für die man lange in der Schlange anstehen oder auf dem Markt viel zahlen musste. Tranken Tee mit den Lebkiechla-Monden. Mehl, Zucker, Schmalz, Eier und Hirschhornsalz – sie waren auch ohne Safran gehl, unsere Lebkiechla. Wir kannten auch keinen Zimt, keine Nelken, kein Zitronat oder Orangeat, höchstens Vanille, aber auch dafür hatte man im Realsozialismus schon Beziehungen gebraucht. Unsere Lebkiechla waren auch nicht mit Schokolade überzogen, nicht einmal mit Schokostückchen bestreut, geschweige denn mit Zuckerperlen. Nur beim Ausstechen durften wir unsere Kreativität ausleben: Kreise und Monde, mit verschieden großen Schnapsgläsern. Aber wenn es etwas nur an zwei Tagen im Jahr gibt, an Ostern und eben an Weihnachten, schmeckt es eh einmalig.

Das ist meine Erinnerung an das letzte gemeinsame Weihnachten in Kasachstan, 1980. Als alle auseinandergingen, gingen wir Großen mit unseren Gästen mit und begleiteten sie bis zu ihren Häusern oder bis zur Bushaltestelle. Dann zogen wir mit unseren Cousins weiter. Der Christkind-Schleier wanderte von Mädchen zu Mädchen, ebenso eine Flasche Wodka unter den Jungs. Sie blödelten mit den Pelzenickel-Zotteln herum, schwangen die Kette, rauften miteinander. Wir lärmten und scherten uns nicht um den Frost – jetzt, in der Nacht, war es bitter kalt geworden. Wir scherten uns auch nicht um die Passanten, um die frühere Heimlichtuerei um den Christkindlbrauch. Da waren wir schon übermütig, wie es alle Halbstarken sind.

Vielleicht weil wir ahnten, dass wir eh bald weg sein würden.

IN DIE TULPEN – SA TÜLPANAMI

Die Frühlinge meiner Kindheit waren kurz, vier, höchstens fünf Wochen, im April. Im Nordkasachstan herrscht kontinentales Klima, mit viel Sonne. Die Winter sind schneereich und eiskalt, die Sommer heiß und trocken, und beide dauern sehr lang, etwa fünf Monate. Auch der Herbst ist kurz, seinen Verlauf konnte man geradezu beobachten, eben war es noch mild und nach einigen Regentagen plötzlich windig und ungemütlich. Der Winter begann schon Anfang November, ich erinnere mich an die Paraden zu den Jahrestagen der Oktoberrevolution am 7. November, zu denen wir schon in Wintermänteln gingen und vor den ersten zugefrorenen Pfützen Anlauf nahmen, damit wir ganz weit schlittern konnten.

Spätestens im Dezember war unsere Siedlung komplett zugeweht. Die Schneehaufen blieben bis Ende März liegen und tauten erst in den Frühjahrsferien in der letzten Märzwoche vollständig weg. Bis zu den Ferien gingen wir noch im Wintermantel und in Walenki, Filzstiefeln ohne Ledersohlen, in die Schule, nach den Ferien, nur eine Woche später, brauchte man tagsüber meist gar keinen Mantel mehr. Osterferien gab es in der Sowjetunion nicht, denn Ostern wurde dort nicht gefeiert.

Am Anfang der Frühjahrsferien nahmen wir neben den Schneebergen vor unserem Hoftor Maß: „Schau mal, bis zum Hals!", und kletterten hinauf, denn die Haufen waren vom langen Liegen so hart, dass man darauf laufen und rutschen konnte. Schon in den nächsten Tagen beobachteten wir, wie sie schmolzen, ja, die Sonne war so stark, dass man dem Schmelzen regelrecht zuschauen konnte. Nach zwei Tagen war der Schnee weich und wir holten mit den Beinen ganz hoch aus und stakten wie Störche mitten hinein, den Schnee bis zur Hüfte, im Kreis herum, hüpften und ließen uns in den weichen Matsch fallen. So durchmaßen wir mehrmals am Tag die Haufenhöhe und zählten die Schritte in den daneben entstehenden Pfützen. Die Kunst war es, am anderen Ende anzukommen, ohne im knietiefen Dreck stecken zu bleiben und ohne die Stiefel zu verlieren, denn sonst mussten die Geschwister oder Nachbarskinder einen herausziehen oder Erwachsene zur Hilfe holen, was nicht empfehlenswert war.

Meine absolute Lieblingszeit war aber die Tulpen-Zeit, Ende April, sobald alles abgetrocknet war. „Sa tülpanami" sagte man dazu, „in die Tulpen gehen". In Bayern geht man ins Holz oder in die Pilze, im Nordkasachstan gibt es keinen Wald, folglich auch weder Holz, noch Pilze. Wir gingen in die Tulpen. Die karge, fast ebene Landschaft der Steppe mit kaum merklichen sanften Hügelwellen und ohne einen einzigen Baum – wohin man auch schaute, es gab nichts zu sehen – war nur wenige Wochen im Jahr grün und bunt, im Frühjahr. Spätestens Ende Juni war das Gras von der Hitze vertrocknet und wieder braun. Eine rissige Fläche mit kurzem Gras in verschiedenen Brauntönen, wie Strähnchen im dunkelblonden Haar. Bis November, wenn der Schnee fiel und alles, wirklich alles weiß wurde. Ein Einheitsweiß. Ein Schneeweiß.

Aber im Frühjahr … In den wenigen Tagen im Frühjahr, steckte die Natur ihre ganze Kraft, alles, was sie im eisigen Winter verborgen hatte und im glutheißen Sommer nicht würde weitergeben können, in den bunt geknüpften Teppich aus wilden Tulpen und Gräsern, nicht dicht an dicht wie in einem Gartenbeet oder in Reih und Glied wie auf holländischen Plantagen, sondern wild, hemmungslos wie die Palette eines rauschigen Malers, mal vereinzelt, mal als Gruppe, aber immer bis zum Horizont. Millionenfach, ach was, milliardenfach verschwendete die Natur ihre archaische Energie in diese seit Jahrtausenden gesammelten Blumenzwiebeln, verzehrte alle ihre Farben, alle Wärme, alle Liebe, um die Steppe zu schmücken. Sie wusste, dass sie nur diese wenigen Tage Zeit hatte.

Ich kann mich an ein besonderes „Sa tülpanami" erinnern, vielleicht war es das erste. Vater war an dem Tag schon seit Stunden damit beschäftigt, sein Motorrad wieder sommerfit zu machen. Er hatte es zerlegt und putzte mit einem Lappen irgendwelche Schräubchen und Schläuche und pustete und rieb. Die Motorradhelme lagen schon bereit. Wir rannten unserer Wege und schlugen immer wieder einen kleinen Haken zur Garage, schlichen ganz vorsichtig an dem ölverschmierten Vater vorbei, damit wir ja nirgendwo drauftraten, und spitzten unauffällig, ob die Teile auf dem Boden weniger wurden: keiner wollte die erste Fahrt verpassen. Und keiner wollte verraten, dass er den richtigen Moment abpasste, denn Vater konnte höchstens vier von uns mitnehmen, drei im Beiwagen und einen hinten. Wie wir uns auf die kommende Zeit freuten!

Endlich war Vater fertig, richtete das Motorrad auf und schob es vor das Tor. Ich hatte mir schon einen Helm gesichert und durfte hinter ihm sitzen, meine Geschwister, ich weiß nicht mehr, wer noch dabei war, im Beiwagen. Wir drehten eine Runde durch die Straßen und fuhren dann bis zum großen Strommast, etwa zweihundert Meter außerhalb der Siedlung, zum Sammelpunkt für die Kühe. Der Motor heulte auf, und wir lachten im Frühlingswind, und Vater fuhr weiter, bis wir die Häuser der Siedlung nicht mehr sehen konnten und mitten in der Steppe waren. Zuerst waren nur einzelne Tulpenköpfe zu sehen, später ganz viele, in unterschiedlichen Farben. Wir schrien in einem fort „Tülpany!" und zeigten auf die Blumen, und Vater lachte auch, nickte und fuhr weiter, immer weiter.

Ich streckte den Zeigefinger vor Vaters Gesicht und zerrte an seinem Arm, und er schrie zurück: „Heb dich!", das heißt in unserem Dialekt „Halt dich fest!". Dann sahen wir riesige Felder, bis zum Horizont, manchmal bunt gemischt und manchmal in einer einzigen Farbe, blassrosa, dann, nach einigen grünen Wellen, ein gelbes Feld, hellgelb, weißgelb, und dann war alles rot, leuchtend rot, wie die sowjetische Fahne.

Endlich hielt er an, wir stiegen ab und rannten durch die Blumen und pflückten und pflückten. Ich hatte schon einen ganzen Strauß, hob den Kopf und sah, dass weiter weg wieder eine Stelle mit ganz vielen großen Tulpen war, lief von einer Tulpenansammlung zur nächsten, kehrte dann um, weil es kein Ende nehmen wollte und ich ganz allein war. Ich lief zu meinen Geschwistern und zum Vater zurück und zeigte ihm schon von Weitem meinen Tulpenstrauß. Vater lehnte am Beiwagen und war ganz still. Ich betrachtete die spitzen Blütenblätter in meinen Armen, das Schwarz in der Mitte, tupfte mit dem Finger auf den gelben Staub, strich über den gewellten Rand der schmalen langgezogenen graugrünen Blätter. Vater sagte immer noch nichts. Er bemerkte mich nicht einmal, er schaute nur in die Ferne. Ich rannte in die andere Richtung, auch hier Tulpen, immer nur rote Tulpen, rot, rot, rot.

Später, als Jugendliche, sind wir zu Fuß in die „Stepj" gegangen, mit Nachbarskindern, Freunden, Klassenkameraden, nicht nur zur Tulpenzeit. Zum letzten Mal Anfang Mai 1981, mit unserer Clique, wir hatten Decken, Picknicksachen und eine Gitarre dabei. Das waren unsere letzten Wochen in Aktjubinsk, der Termin für die lang ersehnte Ausreise stand schon fest. Ich war achtzehn.

Die anderen tobten, lachten miteinander, die Jungs jagten die pfeifenden Erdmännchen, Ziesel, Sussliki. Aber ich ging weg, die Steppe blühte wieder, es waren aber nicht mehr so viele Tulpen wie bei der ersten Motorradfahrt jenes Sommers, der nun 10 Jahre zurücklag oder mehr, oder kam es mir nur so vor, früher war alles intensiver. Ich schaute in die nicht enden wollende bunte Landschaft, auf die im weichen Steppenwind sich wiegenden Tulpenstängel, ließ meine Arme und mein Haar von ihm streicheln. Ich sah Vaters Nicken im Fahrtwind von damals, sein wissendes Lächeln, seine Vorfreude auf die Tulpen-Überraschung, auf unsere Freude.

Seinen stillen verlorenen Blick. Was mag er damals in der Ferne gesehen haben? Einen schmächtigen Jungen, im viel zu kurzen Mäntelchen, bibbernd im eisigen Wind, hungrig, hundemüde, barfuß der Viehherde nachlaufend? Oder weinend, auf der sengend heißen Erde sitzend, die Stachel aus den eitrigen pochenden Wunden an den Füßen ziehend?

Vielleicht sah er sich zusammen mit seinen Brüdern beim Sussliki-Fangen, aus denen ihre Mutter dann die einzige Mahlzeit des Tages kochte? Sie beobachteten die Ziesel, lernten ihre Pfiffe nachzumachen, markierten die Ausgänge ihres weitverzweigten Baus und stellten Fallen auf. Hauten zu. Wo andere Kinder in ihrem Alter, acht- bis zwölfjährig, die eingefangenen Erdhörnchen streicheln oder ihnen neugierig beim Fressen zuschauen würden, mussten sie zuschlagen. Schnell an den Hinterbeinen fassen und mit dem Kopf auf die Erde hauen. Mussten den Bauch aufschlitzen, das Fell abziehen und aufspannen, damit es schön trocknen konnte.

Für dreißig schöne, ohne Schrammen erhaltene Felle bekam man auf dem Basar ein Kilo Zucker. Unerhörter Luxus, unentbehrlich fürs Einkochen von Beeren und Früchten. Für den Winter. Die meiste Zeit des Jahres nämlich, von Juli bis März, waren die Sussliki-Felle nichts mehr wert, sie waren nur im Frühjahr dicht und glänzend.

Oder waren es angenehme Erinnerungen, als sie zwei Jahre später eine Nachricht von ihrem verschollenen Vater bekamen und lachten und jubelten, er lebt! und wussten, dass nun alles gut wird. Oder sah er sich noch zehn Jahre später als jungen Mann mit seinen lärmenden Freunden und vielleicht mit seiner Braut – meiner Mutter – hier Picknick machen? Hat er sie auch mit dem Tulpenfeld überrascht?

Meine Eltern wurden vom Leben kinderreich beschenkt und steckten in uns ihre ganze Kraft, all ihre Wärme und Liebe. Wenigstens wir sollten in der Verbannung eine schöne Kindheit haben.

Ich bin dafür, dass man die Kindheit heiligspricht, in allen Religionen, in allen Kasten, auf der ganzen Welt. Die Kindheit ist der kleinste gemeinsame Nenner aller Menschen, das heiligste, was wir haben. Wenn das jedem bewusst ist, wird sie keiner stören, keiner wird einem Kind, einer Mutter, einem Vater etwas antun, weil er es seiner eigenen heiligen Kindheit antäte.

Meine Kindheit war an jenem Tag im Mai 1981 zu Ende. Ich stand und sah zu, wie sie mit dem Blütenstaub über die Tulpensteppe geweht wurde. Und ich wünschte mir riesige, kilometerlange Arme, damit ich diese unfassbare Herrlichkeit umarmen und an mich drücken könnte, sie ganz umfassen und festhalten könnte. Wie ein kleines Kind, das ein lieb gewonnenes Spielzeug nicht hergeben will, wollte ich diese stille Schönheit umklammern und Meins! rufen, den Rotz hochschniefen und trotzig mit dem Fuß stapfen und immer wieder „Meins!" rufen.

Meins!
Meins.
Meins ...

Meins?

INHALTSVERZEICHNIS

1. Meine drei Dinge 7

2. Ich bin 11

3. Kokon-Utopie 13

4. Meine Ranetka 17

5. Sekretiki, die versteckten Schätzchen 28

6. Das Schaukelpferdchen 38

7. Schein, heilig 44

8. „Der Faule" 45

9. Vaters Hammer 49

10. Wenn Selbst heimkommt, werde ich ihn fragen 51

11. Pfützenseemeere 62

12. Im Zirkus 64

13. Das Radieschen-Traditionsunternehmen 66

14. Ein Klavier, ein Klavier! 71

15. Wie ich nähen lernte 79

16. Es war eine Sicherheit in meiner Kindheit 82

17. Manjka 85

18. Erbstücke 96

19. Verschämte Lektüren 99

20. De Pelzenickel 104

21. In die Tulpen – Sa Tülpanami 108

ICH DANKE SCHÖN

allen, die mich bei der Entstehung dieses Büchleins unterstützt haben: Christiane Schlüter, in deren VHS-Kurs „Autobiografisches Schreiben" ich die ersten Schreibschritte unternahm, und allen Kursteilnehmern für ihre Rückmeldungen, meinen Eltern und Geschwistern für das Aufwärmen gemeinsamer Erinnerungen, meinen Töchtern Charlotte und Evelyn, die die ersten und kritischsten Leser meiner Texte sind, den Testlesern Klaus Meder, Irmgard Hihler, Irina Straub, Elke Hehl sowie Lotte Husung, die darüber hinaus einen Teil der Geschichten lektorierte. Therese Boger danke ich für den entscheidenden Tritt in meinen Hintern und meiner Schwester Lena Weisbek für das herrliche Buchcover mit den wilden Tulpen. Die Sehnsucht ist geweckt.

Die Autorin Ida Häusser im Mai 1981, kurz vor
der Ausreise in die Bundesrepublik Deutschland